La feria

Novela

JUAN JOSÉ ARREOLA (Ciudad Guzmán, 1918 – Guadalajara, 2001) empezó a escribir a los diez años. Tuvo los empleos más diversos: aprendiz de encuadernador, dependiente en una tienda de abarrotes, cobrador, peón de campo, vendedor de tepache, panadero y periodista, entre muchos otros. Estudió teatro en la ciudad de México con Fernando Wagner, Xavier Villaurrutia y Rodolfo Usigli. En 1944 fue becado para estudiar arte dramático en Francia. De regreso trabajó como corrector en el Fondo de Cultura Económica. A los 31 años publicó su primer libro: *Varia invención* (1949) y, paso a paso, su obra logró importantes reconocimientos, como el premio Xavier Villaurrutia (1963), el Nacional de Letras y Lingüística (1979) y el Internacional de Literatura Juan Rulfo (1992). Impartió diversos talleres literarios que fueron decisivos para las nuevas generaciones de escritores. El conductor de programas televisivos, el apasionado jugador de ajedrez, falleció en su natal Jalisco dejando en su labor literaria y periodística un valioso legado cultural.

Juan José Arreola
La feria

Joaquín Mortiz

© 1963, Juan José Arreola
Herederos de Juan José Arreola

Derechos reservados

© 1963, 2005, Editorial Planeta Mexicana, S.A. de C.V.
Bajo el sello editorial JOAQUIN MORTIZ M.R.
Avenida Presidente Masarik núm. 111, 2o. piso
Colonia Chapultepec Morales
C.P. 11570, México, D.F.
www.editorialplaneta.com.mx

Diseño e ilustración de portada: Carlos Palleiro
Fotografía del autor: Juan Miranda

Edición original en *Serie del volador*: 1963
Primera edición en *Obras de Juan José Arreola*: julio de 1971
Primera edición booket: marzo de 2006
Novena reimpresión: agosto de 2014
ISBN-13: 978-968-27-1007-0
ISBN-10: 968-27-1007-3

Impreso en los talleres de Litográfica Argos, S.A. de C.V.
Av. Tlatilco núm. 78, colonia Tlatilco, México, D.F.
Impreso y hecho en México – *Printed and made in Mexico*

✠

Somos más o menos treinta mil. Unos dicen que más, otros que menos. Somos treinta mil desde siempre. Desde que Fray Juan de Padilla vino a enseñarnos el catecismo, cuando Don Alonso de Ávalos dejó temblando estas tierras. Fray Juan era buena gente y andaba de aquí para allá vestido de franciscano, con la ropa hecha garras, levantando cruces y capillitas. Vio que nos gustaba mucho danzar y cantar, y mandó traer a Juan Montes para que nos enseñara la música. Nos quiso mucho a nosotros los de Tlayolan. Pero le fue mal y dizque lo mataron. Dicen que aquí, dicen que allá. Si fue en Tuxpan, lo hicieron cuachala. Si fue aquí, nos lo comimos en pozole. Mentiras. Lo mataron en Cíbola a flechazos. Sea por Dios.

Antes la tierra era de nosotros los naturales. Ahora es de las gentes de razón. La cosa viene de lejos. Desde que los de la Santa Inquisición se llevaron de aquí a don Francisco de Sayavedra, porque puso su iglesia aparte en la Cofradía del Rosario y dijo que no les quitaran la tierra a los tlayacanques. Unos dicen que lo quemaron. Otros que nomás lo vistieron de judas y le dieron azotes. Sea por Dios. Lo cierto es que la tierra ya no es de nosotros y allá cada y cuando nos acordamos. Sacamos los papeles antiguos y seguimos dale y dale. "Señor Oidor, Señor Gobernador

7

del Estado, Señor Obispo, Señor Capitán General, Señor Virrey de la Nueva España, Señor Presidente de la República... Soy Juan Tepano, el más viejo de los tlayacanques, para servir a usted: nos lo quitaron todo..."

Vuestra Excelencia como superior y mediador, ponga atención a nuestras rústicas palabras; que a vuestro hogar lleguen nuestros clamores y aclamaciones.

¡Ya soy agricultor! Acabo de comprar una parcela de cincuenta y cuatro hectáreas de tierras inafectables en un fraccionamiento de la Hacienda de Huescalapa, calculada como de ocho yuntas de sembradura. Esto podré comprobarlo si caben en ella ocho hectólitros de semilla de maíz. La parcela está acotada por oriente y sur con lienzo de piedra china, abundante allí por la cercanía del Apastepetl. Al poniente, un vallado de dos metros de boca por uno y medio de profundidad sirve de límite. Al norte, una alambrada es el lindero con mi compadre Sabás. Este lienzo es de postes de mezquite, que a tres metros de distancia cada uno, sostienen cuatro alambres de púas, clavados con grapas y arpones. Los arpones son alcayatas de punta escamada para que no se salgan, y hechizas. Las forjan los aprendices de herrero con desperdicios de fierro y las entregan en los comercios a centavo y medio la pieza.

Esta aventura agrícola no deja de ser arriesgada, porque en la familia nunca ha habido gente de campo. Todos hemos sido zapateros. Nos ha ido bien en el negocio desde que mi padre, muy aficionado a la literatura, hizo famosa la zapatería con sus anuncios en verso. Yo heredé, y me felicito, el gusto por las letras. Soy miembro activo del Ateneo Tzaputlatena, aunque mi producción poética es breve, fuera de las obras de carácter estrictamente comercial.

Aunque bien acreditado, mi negocio es pequeño, y para no dañarlo con una arbitraria extracción de capital, preferí hipotecar la casa. Esto, no le ha gustado mucho a mi mujer. Junto a mi libro de cuentas agrícolas, que estoy llevando con todo detalle, se me ocurrió hacer estos apuntes. El año que viene, si Dios me da vida y licencia, podré valerme por mí mismo sin andar preguntándole todo a las gentes que saben.

Lo único que me ha extrañado un poco es que para la operación de compraventa han tenido que hacerse toda una serie de trámites notariales muy fastidiosos. El legajo de las escrituras es muy extenso. Tal parece que esta tierra, antes de llegar a las mías, ha pasado por muchas otras manos. Y eso no me gusta.

. . .Denuncio a Vuestra Majestad las mil maldades y las mil ventas y reventas de que son objeto estas tierras. Y es que un oficial barbero, herrero, zapatero y otros hombres viles que no son labradores, teniendo amistad con uno de vuestros oidores e visorreyes, obtienen luego con seis testigos de manga beneficio de tierras, y antes de que hayan sacado el título las tienen ya vendidas a los señores principales en trescientos y en quinientos y en mil pesos, y en dos mil y en tres mil y en cinco mil pesos. . .

Voy a contarte Aniceta
lo que hizo Fierro de Villa:

> en Tuxpan dejó el caballo
> y en Zapotiltic la silla.

—Este pueblo, aquí donde usted lo ve, con todas sus calles empedradas, es la segunda ciudad de Jalisco, y en tiempos de la refulufia fuimos la capital del Estado, con el General Diéguez como Gobernador y Jefe de Plaza. Quisiera no acordarme. Carrancistas y villistas nos traían a salto de mata desde Colima a Guadalajara, pariendo chayotes. Y a la hora del ¡quién vive! no sabía uno ni qué responder. Si usted se quedaba callado, malo. Si contestaba una cosa por otra, tantito peor. Diario teníamos fusilados y colgados, todos gente de paz. Entraban y salían de aquí jueves y domingos. Y los postes del tren a todo lo largo de la vía tenían cada uno su cristiano, desde Manzano a Huescalapa, y ni siquiera nos daban permiso de bajar a los ahorcados que estaban allí cada quien con su letrero, para escarmiento del pueblo. Otro día le cuento.

> De Tuxpan a Zapotlán,
> de una carrera tendida
> el Napoleón de petate
> llegó escapando la vida.

...como desde mi llegada a la Loma de los Magueyes instalé mi telégrafo al pie de un poste de la vía del ferrocarril que pasa por la falda a poca distancia de la cumbre, rendí parte al General Diéguez sobre la superioridad del enemigo y de que sus cargas eran muy frecuentes y a fondo. No nos inquietábamos por lo que tocaba a nuestra línea de batalla, pero nuestros flancos descubiertos podían ser de un momento a otro ocupados. Era de imperiosa necesidad que me mandara el resto de mi brigada para cubrirlos, consistente en los Batallones 18º y 20º. Me contestó que el 20º había sido enviado con anterioridad a Pihuamo para combatir a Aldana, Bueno y demás jefes que yo conocía. El 18º estaba ocupado en cubrir la entrada de Tamazula a Zapotlán. Finalmente me dijo que el 14º Batallón ya debía encontrarse entre nosotros, y que el General Figueroa estaba a punto de salir con su Regimiento para cubrir el camino de Sayula a San Gabriel.

Contraté para trabajar la tierra a un mayordomo, con sueldo de un peso diario. Él a su vez apalabró ocho peones o gañanes con paga de cincuenta centavos pelones, porque como yo no tengo maíz ni frijol de cosechas anteriores, no pude contratarlos a base de ración, o sea una medida de maíz y un litro de frijol diario, más veinticinco centavos en efectivo. El trato fue verbal, y cada uno recibió diez o doce pesos como acomodo, que deberán restituir abonando cincuenta centavos a la semana. El gañán que recibe este dinero se llama a sí mismo vendido y no puede trabajar ya de alquilado, como hacen los que no tienen acomodo y trabajan libremente por días o semanas.

Una vez formada la cuadrilla, vamos a proceder a la limpia de la tierra, que es de rastrojo porque fue sembrada el año pasado. Las que no lo han sido se llaman descansadas y son las preferidas por medieros y parcioneros, que esperan de ellas, como es natural, mayor rendimiento.

✳

—¿Cuándo hiciste la primera Comunión?
—Hace mucho. Después que me dio la fiebre.

—¿Cuántos años tenías?

—Siete. Siete entrados a ocho. La hice dos veces.

—¿Dos veces?

—Bueno, no. Es que la primera vez que la iba a hacer me comí una galleta. Pero me confesé dos veces.

—¿Dijiste todos tus pecados?

—Sí, porque me dijeron que si no los decía me iban a salir después sapos y culebras por la boca. Me confesé con el Padre López. Después me confesaba con el Padre Macías hasta que se fue de aquí.

—¿Cada cuándo re confiesas?

—Todos los Viernes Primeros. Soy de la Congregación.

—Bueno. Desde ahora vas a confesarte cada ocho días. ¿Me entiendes? Ve a rezarle ahora un rosario a la Virgen, y luego un misterio todos los días para que te ayude en tu pureza.

♣

Estamos haciendo la limpia con guango, machete corto y ancho, de punta encorvada. El cabo o agarradera es tubular, de la misma pieza y un poco cónico para encayarle un palo como de medio metro y poder blandirlo horizontalmente a derecha e izquierda y hacia abajo como guadaña. Así se derriban los rastrojos que quedan en pie y las plantas aventureras que en estas tierras florecen, como el moco de guajolote y el chicalote. El primero produce una semilla leguminosa que abona la tierra; es signo de fecundidad su abundancia.

—Abundancia, ¡madre! Somos un pueblo de muertos de hambre.

12

El chicalote, planta de hojas escotadas y espinosas, da unos cascabeles llenos de semillitas negras como granos de mostaza. Los muchachos y las mujeres de los mozos las recolectan para venderlas en el mercado, donde son muy solicitadas por su aceite, que se utiliza en jabonería. En toda la región se recogen de quinientas a seiscientas toneladas de esta oleaginosa silvestre, que alivia en su tiempo la miseria de las clases menesterosas...

—Alivia, ¡madre! Este hombre no sabe lo que dice. En todo caso aliviaba, porque el chicalote se está acabando en Zapotlán, como el tule de la laguna... Vayan a ver: ¿dónde está el tule? ¿Dónde está el chicalote? Y es que el año pasado, del hambre que teníamos, no dejamos nada para semilla...

La limpia del campo puede hacerse por tareas individuales o en grupos, según le convenga más al patrón. La tumba se lleva a cabo en la mañana, y por la tarde se amontona el rastrojo y la maleza y se le prende fuego.

Al señor Cura le gusta subirse al cerro, a veces, al ponerse el sol. Antes hasta la Cruz de las Piedritas. Ahora nomás hasta la Cruz Blanca.
    —¿Adónde va, señor Cura?

13

—A ver el pueblo por arriba. Estoy cansado de verlo por debajo.

Veía el valle como lo vio la primera vez Fray Juan de Padilla, sólo por encima: "Pero yo, Señor, lo veo por debajo. ¡Qué iniquidad, Dios mío, qué iniquidad! Un río de estulticia me ha entrado por las orejas, incesante como las aguas que bajan de las Peñas en las crecidas de julio y agosto. Aguas limpias que la gente ensucia con la basura de sus culpas... Pero desde aquí, desde arriba, qué pueblo tan bonito, dormido a la orilla de su valle redondo, como una fábrica de adobes, de tejas y ladrillos. Juan de Padilla te prometió, Señor, las almas de sus moradores. Venía con el hábito raído y con las sandalias deshechas, y bendijo desde aquí la tierra virgen, antes de sembrarla con Tu palabra. Yo soy ahora el aparcero, y mira Señor lo que te entrego. Cada año un puñado de almas podridas como un montón de mazorcas popoyotas... Juan de Padilla juntó las manos aquí, y bajó al valle corriendo, feliz, hacia la tierra maldita bajo el patrocinio del Diablo, la yacija fértil y enorme donde Tzaputlatena fornicaba con el Dios del Maíz, bajo el cielo confuso de los Tlaloques!"

—Cuando el tren acaba de subir la Cuesta de Sayula, un viento fresco y ligero llena los vagones. A mí me basta con sentirlo para preferir a Zapotlán entre todos los pueblos que conozco. Y no es porque yo sea de aquí. Miren, respiren, éste es el viento que les digo... Los fuereños también lo reconocen, y muchos que van de paso, se quedan a vivir. Hablan mal de nosotros, pero alaban el clima. Y así era antes también.

...Y habiendo hecho vista de ojos y reconocido todo aquel valle como se me ordena en el despacho de dicho señor Virrey, hallé ser tierra templada y de buen temperamento, y su cielo alegre, y que tiene para el sustento del ganado vacuno y caballar, un ojo de agua encharcado, y al parecer permanente, por ser este tiempo en que se reconoce la fuerza de la seca, y está al presente con bastante agua...

La limpia duró tres semanas. Ya hacen falta los bueyes. Hoy tomé en renta ocho yuntas, comprometido a pagar por cada una ocho hectólitros de maíz en cosecha, desgranado, harneado y limpio, de buena clase y puesto a domicilio del arrendador. Todo se me multiplica por ocho: compré ocho arados de fierro, de los llamados de un ala, pues aquí ya casi no se trabaja con arados de palo. Y luego los aperos y avíos: ocho yugos escopleados, ocho cuartas, ocho pares de coyundas de cuero crudío, bien engrasadas con sebo de riñonada, ocho barzones y ocho otates con puya... Ah, y una castaña grande para el agua de beber.

—Me acuso Padre de que el otro día adiviné una adivinanza.
   —Dímela.
   —"Tenderete el petatete,
   alzarete el camisón..."
   —¿Qué más?
   —Es muy fea... es la lavativa...
   —¿Quién te la enseñó?
   —Chole. Mi prima.

Se nombró a uno de los gañanes para bueyero, quedando el mayordomo y siete peones para uncir cada uno su respectiva yunta. El bueyero tiene que dormir en el campo; para eso hubo que construir en la ladera de una barranquilla, junto a un frondoso tacamo, el pequeño rancho que le servirá de albergue, y donde habrán de guardarse los aperos de labranza. Al alba tendrá que reunir los bueyes para echarles la hoja, porque al rayar el sol deben ya estar listos para el trabajo.

—Los obrajeros compran la lana por separado, la blanca y la negra. La lavan, la cardan y la hilan. Tejen en antiguos telares, cobijas negras y grises. Sólo les ponen de adorno una lista de alfajores azules, blancos y solferinos, cerca de las barbas. Somos gente seria. Los alfareros nomás hacen lo indispensable. Cántaros y jarros, cazuelas y macetas. Los carpinteros no son más que carpinteros, y los herreros, herreros. Hay poco trabajo de talla y de forja. Somos buenos albañiles. Dense una vuelta por las calles y verán. Buen adobe, buen ladrillo y buenas tejas. Arena de San Andrés y cal de Huescalapa. Casas feas y macizas, que han resistido muchos temblores.

Señor San José llegó a Zapotlán de un modo muy humilde y muy misterioso. Acompañado por la Virgen y a lomo de mula.

Un arriero enfermo pidió posada en la Cofradía del Rosario el año de Gracia de 1745. No se supo de dónde venía ni para

16

dónde iba. Descargó dos bultos largos y estrechos como ataúdes. Se acostó para descansar y ya no se levantó. Los frailes le dieron cristiana sepultura y aguardaron en vano que alguien reclamara la acémila y su carga. Nadie se presentó.

Pocos meses después, los frailes decidieron abrir los bultos. Aparecieron las benditas imágenes, y fueron llevadas en triunfo a la Parroquia.

Dos años después, Zapotlán jura, aclama y vocea por General Patrón al Gloriosísimo Patriarcha Señor San Joseph, a efecto de aplacar la Divina Justicia por tan Venerable intercesión, y pedir la inmunidad contra los temblores y terremotos, tan grave y repetidamente experimentados por este pueblo...

Yo, Don Joseph Rea y Monreal, Alcalde Mayor por su Majestad de esta Provincia, que actúo como Juez Receptor con testigos por ausencia del Escribano Público, certifico y doy fe en cuanto puedo, debo y el derecho me permite, que el tenor del escrito y escritura de Jura de Patrón de este pueblo contra los terremotos, hecho por el Vecindario en el Glorioso Patriarcha Señor San Joseph, es del tenor siguiente: En el Pueblo de Zapotlán, en catorce días del mes de Diciembre de mil setecientos cuarenta y siete años...

Ya en este siglo, un golpe de aire, misteriosamente venido desde la sacristía el día de San Bartolo, derribó la estatua de señor San José, ante la consternación general. Del cráneo roto, salió un papel donde se declaraba la imagen obra de un escultor guatemalteco, discípulo que había sido de aquel famoso Berruguete...

17

✡

Había un hombre llamado José, oriundo de Belén, esa villa judía que es la ciudad del rey David. Estaba muy impuesto en la sabiduría y en su oficio de carpintero. Este hombre, José, se unió en santo matrimonio a una mujer que le dio hijos e hijas: cuatro varones y dos hembras, cuyos nombres eran: Judas y Josetos, Santiago y Simón; sus hijas se llamaban Lisia y Lidia. Y murió la esposa de José, como está determinado que suceda a todo hombre, dejando a su hijo Santiago niño aún de corta edad. José era un varón justo y alababa a Dios en todas sus obras. Acostumbraba salir fuera con frecuencia para ejercer el oficio de carpintero en compañía de sus dos hijos, ya que vivía del trabajo de sus manos, en conformidad con lo dispuesto en la ley de Moisés. Este varón justo de quien estoy hablando es José, mi padre según la carne, con quien se desposó en calidad de consorte mi madre, María.

🕎

Para que vean nomás el mérito que tiene la veneración que me otorgan y la fiesta que me hacen, les diré que mi culto es muy tardío en la liturgia católica. Sin contar algunos antecedentes aislados que mucho me honran pero que nada significan en la historia eclesiástica, mi verdadera exaltación ritual data apenas del siglo pasado. Fíjense ustedes. En 1869 algunos obispos y fieles pidieron que se incluyera mi nombre en el *Ordo Missae,* y que yo figurara antes que San Juan Bautista en las *Litaniae Sanctorum.* Esta curiosa demanda se repitió en el Primer Concilio Vaticano, y Pío IX decidió sin más proclamarme patrono de la iglesia universal por encima de los apóstoles Pedro y Pablo, cosa que a mí me parece exagerada. León XIII confirmó esta decisión en su encíclica *Quamquam pluries* el año de 1889, y yo estoy desde entonces teológicamente fundamentado como patrono de una iglesia socialista. Nuevos honores se sucedieron rápidamente: mis letanías fueron aprobadas para la recitación de los fieles en 1909 por la Sagrada Congregación de Ritos; mi fiesta fue elevada a la condición de rito de primera clase, con octava, por Pío X en 1913, y Benedicto XV la decretó de precepto en 1917. En 1919 obtuve un prefacio propio y en 1922 modificaron el *Ordo commendationis animae* para intercalarme un "...*in nomine Beati Joseph, inclyti ejusdem Virginis sponsi*..."

Y nosotros salimos ganando porque la feria de Zapotlán se hizo famosa por todo este rumbo. Como que no hay otra igual. Nadie se arrepiente cuando viene a pasar esos días con nosotros. Llegan de todas partes, de cerquitas y de lejos, de San Sebastián y de Zapotiltic, de Pihuamo y desde Jilotlán de los Dolores. Da gusto ver al pueblo lleno de fuereños, que traen sombreros y cobijas de otro modo, guaraches que no se ven por aquí. Nomás al verles la traza se sabe si vienen de la sierra o de la costa. Muchos tienen que quedarse a dormir en los portales, en el atrio de la Parroquia o en la plaza, junto a los puestos de la feria, porque no hay lugar para tanta gente. En todas las casas hay parientes de visita y duermen de a tres y de a cuatro en cada pieza. Los corrales se vacían de gallinas y guajolotes. Y no hay puerco gordo, ni chivo ni borrego que llegue vivo al Día de la Función...

Poco más de una semana se ha llevado el deslome, primer fierro del barbecho. Consiste en abrir con el arado el lomo del antiguo surco, que con el beneficio y cultivo de la cosecha anterior ha quedado reducido a la hilera de montoncitos de tierra que arroparon cada uno su planta. Hoy por la mañana, en tanto que las yuntas daban la primera vuelta, el bueyero procedió a hacer la lumbre y yo me quedé a almorzar con los mozos. Ya hechas las brasas, cada quien saca de su morral un tambache de tortillas. El mayordomo manda: "A tender, muchachos." Todos se apresuran a echarlas sobre el fuego. Algunas tortillas las llevan apareadas, esto es, cara con cara y con frijoles adentro, de esos negros que a ellos les gustan tanto. No falta quien traiga además un tasajo de carne, un trozo de pepena o de cecina. Cada quien consume de su ración lo que le conviene, dejando lo suficiente para la otra comida, que se compone de lo mismo. Todos llevan su sal y sus chiles para darle gusto al bastimento. Mientras dura la comida de medio día, se desuncen los bueyes para que también ellos coman cada uno su manojo de hoja y se les conduzca luego al aguaje más próximo. Aquí, en el Tacamo, tenemos dos barranquillas que nos sirven de agostadero, porque por ellas bajan corrientes de temporal.

—La Cuesta de Sayula es un lugar muy funesto. Zapotlán y Sayula no se llevan muy bien, desde que tuvieron un pleito de aguas en 1542. Entre un pueblo y otro está la cuesta, un enredijo de curvas, paredones y desfiladeros que son la suma de nuestras dificultades... Y por el otro lado Tamazula, con el mal paso de Río de Cobianes que cada año nos separa con las crecidas, como un largo pleito. Así son las cosas, todo lo malo nos llega de fuera, por un lado de Tamazula, y por el otro de Sayula. En la Cuesta han ocurrido muchas muertes y desastres, sobre todo dos: el descarrilamiento y la batalla de 1915. La batalla la ganó Francisco Villa en persona, y a los que lo felicitaron les contestaba: "Otra victoria como ésta y se nos acaba la División del Norte." Les dio a sus yaquis de premio quince días de jolgorio en Zapotlán, a costillas de nosotros. El descarrilamiento también lo perdió Diéguez, y es el más grande que ha ocurrido en la República, con tantos muertos que nadie pudo contarlos. No se perdió mucha tropa porque el tren iba atestado casi de puras mujeres, galletas y vivanderas, la alegría de los regimientos. Nos habían saqueado bien y bonito, y los carros repletos de botín se desparramaron por el barranco. Para qué le cuento, todo aquel campo estuvo un año negro de zopilotes. Y hubo gentes de buen ánimo, de por aquí nada menos, que se entretuvieron desvalijando a los muertos. Ladrón que roba a ladrón...

∞○

—Por acá está el enfermo, doctor.

—Déjame primero ver tu corral. Ya me han dicho que lo tienes muy bonito, con tantos animales y matas...

—Pásele, doctor.

—Estos puercos chinos que parecen borregos ¿cómo te hiciste de la cría?

—Con las Contreras, doctor, ellas tienen un puerco entero. Sabe, aquel Sebastián pasó muy mala noche, quéjese y quéjese.

—De esta rosa de Alejandría me tienes que dar un codito, a ver si prende. Mi mujer tenía una y se le secó. Todo lo que planta se le seca, y a mí me gusta que haya flores en mi casa.

—Con mucho gusto, doctor. Le di tres veces sus gotas a Sebastián y no se durmió....

—¿De dónde sacaste este guajolote? Hacía mucho tiempo que no veía yo un guajolote canelo así de grande y de gordo...

21

ya los guajolotes se están acabando por aquí.

—Es que da mucho trabajo criarlos, doctor. De diez o doce que nacen, sólo me viven dos o tres. Es una lata enseñarlos a comer, porque las guajolotas ni siquiera eso les enseñan. Andan allí nomás con el pescuezo estirado, grito y grito sin ver la comida en el suelo, y los guajolotitos se mueren de hambre y de frío porque ni los cobijan. Y esto si no les ponen la pata encima y los apachurran...

—Me lo tienes que guardar para la Navidad, porque a este coruco yo me lo como.

—Como usted quiera, doctor. Este Sebastián...

—No le hagas tanto caso a Sebastián, que se está chiqueando como todos los enfermos. Desde que lo sacamos del hospital, su herida está cicatrizando que da gusto mirarla...

Así es siempre este doctor. Le gusta hacer un inventario lo más completo posible de los bienes terrenales de sus clientes, para formarse una idea clara de las condiciones y de la duración del tratamiento, sin cometer injusticias. Porque... según el sapo es la pedrada...

Una vez terminado el deslome, hemos procedido a cruzar, esto es, a arar la tierra en sentido inverso al de los surcos. Cada hilo va rompiendo como veinticinco centímetros de tierra, que voltea el ala del arado. Van las yuntas al sesgo, una detrás de otra, en escuadrilla, lo que se llama ir en reata. Hay otro sistema, que a mí no me gustó, en el que cada yunta va por separado abriendo su besana. No me gustó, porque hay que calcular muy bien las besanas para que no les queden becerros: le dicen así al espacio de tierra que queda sin arar en medio de la besana y que debe ser cerrado en una o dos vueltas. Esto da por regla general, uno o dos surcos malhechos en cada tramo de veinte o treinta metros. Y yo no quiero malhechuras.

Este segundo fierro se da como en dos semanas; al terminar, ya podremos tener lista la tierra para rayarla y sembrarla. Sólo en terrenos muy duros o engramados es necesario dar otro fierro sesgado. Cuando se aproxime el temporal, según las muestras de nubes, vientos y otras señales que estoy aprendiendo, procederemos a rayar la tierra.

—La estatua de don Benito Juárez le da la espalda a la Parroquia desde el parque. Mírela usted. Cuando los cristeros estuvieron a punto de entrar a Zapotlán, alguien dijo que la iban a tumbar. Pero no se les hizo. Los beatos odian a don Benito porque les quitó las propiedades de la iglesia, pero se les olvida que ellos se aprovecharon de la situación, comprando barato lo que se llamaba bienes de manos muertas. Todo pasó a manos de estos vivos, casi siempre con la promesa de que a la hora de su muerte se lo iban a heredar a la iglesia. Le voy a poner un ejemplo. El año de 1846, un señor Cura cuyo nombre no viene al caso, anticipándose a las Leyes de Reforma, le vendió a un rico de aquí casi todos los terrenos de la Cofradía de Nuestro Amo, como si fueran suyos. Sabe usted, toda esa parte de llano y monte que ahora se llama el Rincón del Zapote. Y todavía hay quienes se asusten porque don Benito está allí en el parque, dándole la espalda a la Parroquia...

...porque el licenciado Gaspar Ruiz de Cabrera me dio noticia de esa tierra, y yo en su nombre y para él supliqué se me concediera, quedé que consiguiéndola le haría declaración y traspaso de ella, y demás de esto el susodicho licenciado pagó las costas de las diligencias para sacar y despachar el dicho título, y por mi trabajo y solicitud que puse en el negocio me ha dado sesenta pesos de oro común, de lo cual me doy por contento y pagado a mi voluntad...

—Me acuso Padre de que también leí los versos del Ánima de Sayula...
   —¿Quién te los dio a leer?
   —En la imprenta. En la imprenta donde trabajo me pusieron a corregir las pruebas, porque tengo menos faltas de ortografía.
   —¡Sea por Dios!

...Tengo gran lástima de ver que su Majestad y los del Consejo y los frailes se han juntado a destruir estos pobres indios y gasten tanto tiempo y tanta tinta y papel en hacer y deshacer y dar provisiones unas en contra de otras, y mudar cada día la orden de gobierno...

Juan Tepano nos lo estuvo contando todo, lentamente, usando los términos, como quien lleva mucho tiempo de hablar con abogados y huizacheros, lentamente, mientras acariciaba su antigua Vara de Justicia, hecha de madera incorruptible, con casquillo y contera de plata. Cerca del puño, a la Vara le colgaba un listoncito tricolor...

—La cosa, como ustedes saben, viene de lejos y no estamos conformes. Cómo vamos a estar conformes, siendo que la última vez que nos hicieron justicia, los de la Junta Repartidora de Tierras lo arreglaron todo a puerta cerrada, aunque nos citaron a todos en la plaza. Nos juntamos como cinco mil, afuera, y ellos adentro no llegaban ni a veinte. Bueno, serían treinta o cuarenta. Metieron a dos indios cabezales, para qué es más que la verdad, a un tlayacanque y a un tequilastro, de nombres Adrián Esteban y Santiago Hernández, que le decían Vera. Pero los escogieron muy bien porque ya los tenían comprados desde antes, y con ellos firmaron el acuerdo a nombre de todos nosotros. Como no sabían leer ni escribir, estos dos nomás pusieron su crucecita al pie de la iniquidad... El licenciado que les hizo la documentación a los interesados, fíjese lo que son las cosas, a la hora de la hora sin querer nos ayudó, porque dejó dicho en cada escritura de reparto que él no se hacía responsable, y que allá cada quien se las arreglara después como pudiera si nosotros le hacíamos el reclamo.

✳

Novena: Los miembros de la Comisión Repartidora quedan exentos de toda responsabilidad personal con motivo de esta venta, y el comprador queda entendido que, en el remoto caso de pleito contra todas o alguna de las propiedades que adquiere, lo afrontará por su exclusiva cuenta y riesgo.

☾

—Nada de remoto caso. Como no podíamos quedar conformes, luego luego nos pusimos a reclamar, y para qué es más que la verdad, nos dieron la razón, pero no la tierra. Lo que sea de cada quien, el señor don Porfirio, como todas las autoridades antiguas, dijo que se nos hiciera justicia. Y desde entonces nos han dado largas. El pleito se paró en 1909 porque vino la revuelta y luego los cristeros y tantos otros trastornos... Fíjense, a nosotros de nada nos ha servido el agrarismo, nomás hemos visto pelear a los hacendados y a los agraristas, que algo salen ganando unos y otros. Pero de la Comunidad Indígena nadie se acuerda, y nosotros somos los meros interesados, los primeros dueños de la tierra...

...Don Fulano tiene muchas tierras, así de labranza como huertas que el cabildo le ha dado y dizque él ha comprado de personas particulares. Son en mucha cantidad y las tiene usurpadas y tomadas con mal título y derecho, porque las personas de quienes las ha habido no se las podían vender porque las tales personas no tenían facultad para ello...

—A todos se les ha olvidado que nosotros los tlayacanques seguimos siendo autoridad, quieran que no. Esta vara de tampincirán que yo tengo en la mano es la misma, si no me equivoco, que recibió Agustín Hernández, indio principal, por mandato del rey de España en 1583, cuando se le dio licencia de montar a caballo con silla, arnés y freno, ropa de gente de razón y permiso de ir a donde quisiera. Y fue hasta a México a pelear su derecho, porque lo que pasa ahora ha pasado siempre. Las autoridades de arriba nos dan la razón y las de abajo nos la quitan, ya ven ustedes, siempre han sido más bravos los tenajales que la cal...

26

...Tiene el demonio introducido otro error entre estas personas religiosas y clérigos, de notable perjuicio para sus conciencias y para los vasallos miserables de Vuestra Majestad, que es, en muriendo el indio, le llevan un testamento ordenado por su fiscal, que contiene solamente lo que debe o le deben, y la hacienda que deja, que cuando mucho es un caballo o mula o dineros, todo lo cual manda que se le digan de misas, sin mención de hijos ni mujer.

"¡Hojarascas, le están pegando a dar!" Fue todo lo que dijo y se salió de su casa para jamás volver. Pudo haber matado al otro, que estaba indefenso, o matarla a ella o matarlos a los dos. Pero nomás agarró su arpa y se fue con la música a otra parte. Mejor dicho, siguió con su música por todas las calles del pueblo y toca por lo que le dan, un cinco, un diez, una copa, un plato de caldo, un taco de birria. Toca con mucho sentimiento, sentado en una silla, enredando y desenredando las canciones en las cuerdas del arpa.

—¿Te sabes el Relicario?
—Hojas.
—¿Y el Pajarillo?
—Hojarascas.

Nunca habla más. No pasa de "Hojas" y "Hojarascas". Cuando mucho, dice "Hojas, Petra". Y si se le suben las copas, mírenlo. Aplaude y se frota las manos como gritando en voz baja, ensimismado: "¡Hojarascas, le están pegando a dar!" Todas las gentes le dicen Hojarascas, y él contesta: "Hojas." Está medio ido.

✑

—Desde que yo tengo uso de razón, siempre hemos sido cinco los tlayacanques y cinco los tequilastros, que son nuestros segundos. Tal vez porque eran cinco, y siguen siendo cinco, las cofradías antiguas; la del Rosario, la de las Ánimas, la de la Soledad, la del Buen Pastor y la de Nuestro Amo... Cada tlayacanque tenía que ver desde el principio por una cosa distinta, y se ocupaba de iglesia, de autoridad civil, de comercio, de tránsito y de obras para el beneficio común. El que tenía que ver con la iglesia se llamaba Primera Vara, y así se sigue llamando. Ahora yo soy Primera Vara, para servir a ustedes. Cada vez que tenemos que hablar de lo de las tierras nos juntamos aquí en mi casa, que es la casa de ustedes muy a la orden. Ahora estamos vigilados, se los digo para que sepan dónde se andan metiendo. Sobre mí hay orden de aprehensión. Tengo que irme a México a como dé lugar, lo más pronto que pueda, antes de que me agarren, porque ya van tres amparos que se me vienen abajo, y mi segundo está ya esperándome en la cárcel...

✑✱✑

...es claro que los hacendados han llevado rivalidad contra todos los indígenas, por haber oído el decreto que dice que les pertenecen en absoluto dominio bienes que administraba el clero. Ahora venimos con el fin de saber lo que nuestro Gobierno dispone para aplacar nuestra desgraciada patria, y por lo mismo declaramos a Vuestra Excelencia nos dé un abogado para podernos defender en todos nuestros asuntos...

28

El mayordomo es generalmente el más apto para tirar la primera raya, que se hace paralela a un lienzo de alambre o de piedra. Esto facilita su rectitud. Una vez que la primera raya ha sido aprobada por la cuadrilla si es que ha quedado perfecta, mide el mayordomo tres varas con el otate y clava un palo con un paliacate en la punta para que le sirva de blanco. Y así sigue marcando y rayando. El espacio obtenido con la medida de tres varas se llama melga. Un segundo rayador, igualmente experto, parte la melga por la mitad, dejando dos espacios que se llaman cuarteles. En ellos entran otras dos yuntas, y con sus respectivos surcos cierran la melga. Una vez rayado todo el campo, la tierra queda lista para la siembra.

—Les dije que la Revolución dejó parado el pleito. Quién se iba a acordar de los indios de Zapotlán en todo ese tiempo. Pero a nosotros no se nos olvida, y cada que podemos, sacamos los papeles, los antiguos y los nuevos que dicen siempre lo mismo: que tenemos razón y que somos dueños de la tierra... Déjenme que me acuerde... sí, fue un año de mucha seca. Desesperados ya de que no lloviera, sacamos al Santo Patrón sin permiso de las autoridades. Ya saben, nosotros siempre hemos sido muy creyentes... Un coronel que era Jefe de Plaza nos llamó la atención porque estaba prohibido sacar al Santo. Pero nos dio a entender que podíamos hacerlo si pagábamos una multa, cada que quisiéramos. Fuimos con el señor Cura para que nos aconsejara, y entonces a él se le ocurrió que a nombre de nosotros le reclamáramos al Gobierno la casa del curato. Se había quedado con ella desde en tiempo de los cristeros, y primero fue cuartel y luego oficina de los agraristas. Antiguamente, antes que de la iglesia esa casa del curato fue de nosotros. Y así nos fuimos a decirlo a México con los papeles en la mano, porque todas las casas y las capillas que teníamos, también nos las quitaron. Las vendió el municipio como si fueran suyas. Y un señor allá en México nos atendió muy bien. No nos devolvió el curato, pero viéndonos indios nos preguntó que si teníamos tierras. Le dijimos que no, que nos las habían quitado, y cómo y cuándo. Entonces él nos dijo: "Píquenle por allí." Y nos dijo que el gobierno estaba haciendo justicia. Dejamos lo del curato por la paz y resucitamos el pleito de 1909. Ya ven ustedes, la ocurrencia fue del señor Cura, pero yo creo que fue más bien de Señor San José.

El señor don Cristóbal se nos ha introducido arbitrariamente de un año acá, y nosotros sin poderle impedir. Él, valiéndose de la Revolución, pidió al señor Juez que lo pusiera en posesión. Y visto él que no le impedimos nada, nos cerró la entrada de la laguna, y reconoció años de rentas de tierras de nuestras propiedades. Se valió del gobierno actual diciendo que nada nos debía, y nos hizo infelices sin tener de qué echar mano. Nos quitó las sementeras de este año y no nos deja ni sembrar.

—Hoy que estuve en el juzgado para ver cómo va el asunto de mis tierras, me enteré de un pleito que allí se ventila y que el juez de letras ha tomado como una chanza. Sucede que un arriero que traía unos burros de vacío ha sido demandado por don Tonino a causa de daños en propiedad ajena. Estamos en mayo, y uno de estos serviciales animalitos se echó bruscamente en pos de una hembra que se le fue corriendo, esquiva como todas. Y allí va el burro desbocado y loco tras ella. Corrieron como dos cuadras, y nada se les ocurrió mejor que meterse en la tienda. Durante la trifulca rompieron la olla del tepache y algunos otros enseres que don Tonino estima en dieciocho pesos. El arriero no los quiere pagar alegando que esos son "accidentes de la naturaleza..."

Ya con mi tierra acabada de rayar, se me presentan, como a todos los agricultores, dos posibilidades: sembrar en seco, o esperar a que llueva para que la tierra esté bien mojada. Si uno tiene fe en que pronto viene el temporal, vale la pena anticiparse y exponer la semilla al daño de cuervos, tililes y tuzas. Si se retrasa el temporal, o no llega en firme, las milpas no nacen como se debe. Pero si en término de una semana cae una buena tormenta, se viene muy pronto y pareja la nacencia. Ni qué decir que yo voy a anticiparme. Creo que seré el primero que se arriesga. Ya me anda por ver brotar las milpas. Además, oí decir que cuando se siembra sobre mojado, la milpa también nace dispareja, porque la operación dura entre quince y veintidós días y cuando ya hay plantas listas para la escarda, otras apenas comienzan a nacer. Prefiero confiar en la Divina Providencia, y mientras llueve, le revolveré unas piedras al Credo. Voy a poner a todos los mozos a que espanten los cuervos y a que maten los tililes y tuzas con escopeta.

—Es una lástima, pero da coraje ver aquí tanta gente tan devota y tan ignorante. Es para no creerse. Ayer fui a visitar a un enfermo allá por Pueblo Nuevo, y como siempre, el cuarto estaba lleno de imágenes, de décimas y de vivas. Ya cuando iba a venirme, me llamó la atención una tarjeta postal con una cabeza greñuda. Pregunté quién era y me dijeron que un Divino Rostro. Me fijé más y ¿sabe usted lo que vi? La cabeza cortada del Chivo Encantado que estuvieron exhibiendo aquí, el gran bandido ¿se acuerda usted?, hace como veinte años, y que retrató el fotógrafo Guerrero...

—Realmente, los designios de la Divina Providencia son a veces muy difíciles de entender. Le voy a dar un ejemplo. Como usted sabe, todos los indígenas de Zapotlán son muy creyentes, ya ve, todo lo que pueden y hasta lo que no, se lo gastan en hacer sus devociones. Pues precisamente por creyentes se quedaron sin tierras. El Rey de España mandó dividir todo esto en cinco comunidades indígenas, cada una con su tlayacanque, y los frailes las convirtieron en Cofradías, cada una con su santo y su capillita. Y a la hora que se vino la Reforma, en vez de que las capillas fueran de las tierras, resultó que las tierras eran de las capillas, y por lo tanto, del clero. Fueron puestas en venta, y ya sabe usted quiénes las compraron. Vaya, si no, a buscar los nombres en los archivos. Desde entonces data el verdadero pleito. Y como los Indios tenían después de todo razón, al estar dale y dale, se ordenó el famoso reparto de 1902, que fue el fraude más grande y vergonzoso que registra la historia de este pueblo. Y aquí tiene usted ahora a todos estos pobres indígenas, que siguen muy devotos, acusados de revolucionarios y con las manos vacías, levantadas en alto, pidiendo justicia...

32

—¿Justicia? Yo les voy a dar su justicia a todos estos indios argüenderos, despachando al otro barrio a dos o tres de los más alebrestados. Además, no es cierto que nadie les haya quitado nada. Ellos lo han perdido todo por güevones, borrachos, gastadores y fiesteros. Aunque les volvieran a dar todo lo que piden (entre paréntesis, yo no sé a qué le van tirando), le aseguro que en dos o tres años ya se les habría acabado en azúcar, pólvora y alcohol. Con el pretexto de festejar a la Santa Cruz o a San Cuilmas el Petatero, y por la presunción de ser Capitán de Vivas o Capitán de Enrosos, cualquiera de ellos, dígame si no, es capaz de quedarse hasta sin calzones...

—Un momentito, por favor, permítame usted un momentito. Estoy de acuerdo en que estas gentes todo se lo beben, de acuerdo. Venden la casita y el burro y hasta la madre si usted quiere, pero lo que no podían vender eran las tierras comunales y mucho menos las capillas... Ésas, me va a perdonar que se lo diga aquí entre nos, ésas se las quitamos nosotros a la brava, o con trampa, como usted quiera, que para el caso es igual. Y ni siquiera les dimos a cambio el azúcar, el alcohol y la pólvora para sus argüendes...

♣

...y por ellos me apareció y averigüé, Yo el Virrey, la desorden y exceso que habéis tenido en repartir entre los vecinos de esa ciudad, y principalmente entre vosotros mismos, los corregidores, muchas suertes de tierras, huertas y solares, en perjuicio de sus habitantes y dueños legítimos...

33

—¿Me permite que insista?

—Sí cómo no, Don Bolchevique.

✚

—Yo no estoy de acuerdo en que los indios sean por naturaleza indolentes y viciosos. Si son así, no tienen la culpa. También yo me puse ya a leer papeles viejos y hasta un libro de historia. ¿Usted cree que le iban a tener apego a la vida, o que iban a sentir amor por sus cosas, y hasta por su propia familia, aquellas gentes que fueron tratadas como animales? ¿No ha oído usted hablar de los repartos de indios? Si era usted hacendado en aquel entonces, por el simple hecho de tener tierras y ser gente de razón, usted podía solicitar que le dieran indios, como ahora se les dan bueyes a los medieros. Y' nomás venía la realada, como si fuera una leva. Usted pedía veinte o treinta, o cien indios, pongamos por caso, y se los mandaban a Zacoalco o hasta a Guadalajara, de aquí o de San Gabriel, así nomás como si fueran bestias. Y esa gente no volvía a saber de hijos ni de mujer, aunque las leyes decían que para cada hacienda debían llevarse indios de lugares cercanos y que no tuvieran familia y que había que pagarles tanto más cuanto. Nadie hacía caso. Los trataban como esclavos, y para lo que te truje, ponte a trabajar hasta que te mueras...

━ᴊᴍ

Optimista como estoy en todo lo que se refiere a la agricultura (aunque la actitud de los indígenas no deja de ser alarmante),

34

he tomado un potrero en arriendo para sembrar otra labor. Reconozco que el tiempo está ya muy avanzado para empezar el barbecho, pero no sé, creo que si llevo una labor adelantada y otra atrasada, el comienzo del temporal me tiene sin cuidado. Si se adelanta, ya está sembrado el Tacamo. Si se atrasa, me da tiempo para tener listas las tierras de Tiachepa. Además, me servirá para hacer escoleta este año, por partida doble.

Este potrero tiene mala fama, está engramado y dicen que desde hace muchos años nadie quiere sembrarlo aunque se lo den de balde. Yo no hice caso porque he notado que entre la gente de campo corren muchas supersticiones. El administrador (creo que el terreno es de una viuda) me dijo que si yo le quito la mala fama a Tiachepa, me lo dará en arriendo todos los años en muy buenas condiciones. Vamos a ir a medias porque él me va a prestar los bueyes y los aperos de labranza que hagan falta. Eso sí, es hombre muy detallista y muy cuentachiles; dejó muy bien estipulado en el contrato de arrendamiento el precio de cada bestia y de cada utensilio. Y el maíz que le toque ha de ser de primera calidad, se dé o no se dé en el dichoso Tiachepa.

Como el Tacamo lo he puesto bajo el patrocinio de Señor San José, nada se me ocurrió mejor para el amparo de esta nueva empresa que encomendársela a la Virgen. A la del Perpetuo Socorro.

Lo único que me ha molestado es un dicho de mi compadre Sabás, que alude a la gran distancia que hay entre mis dos siembras, porque el Tacamo está por Huescalapa, rumbo al Nevado, y Tiachepa a la orilla de la laguna: "labor repartida, mujer con barriga..."

—Me acuso Padre de que aprendí una canción.

—¿Cómo dice?

—Me da vergüenza...

—¿En dónde te la enseñaron?

—Los de la imprenta.

—¿Cómo dice?

—"Soy como la baraja..." Y luego una mala palabra.

—¿Cuál?

—Caraja...

—¿Qué sigue?

—"Como que te puse una mano en la frente, tú me decías: no seas imprudente..."

—¿Y luego?

—Otra vez "soy como la baraja..."

—¿Y luego?

—"Como que te puse una mano en la boca, tú me decías: por ái me provoca..."

—¿Y luego?

—Otra vez "soy como la baraja..."

—Sí, pero ¿después?

—"Como que te puse una mano en el pecho, tú me decías: por ái vas derecho..."

—¡Válgame Dios!

ంకు

Una pequeña recapitulación. Con la prisa se me olvidan algunas cosas que oigo decir y que debo apuntar, aunque unas opiniones vayan en contra de otras. Un labrador acaba de decirme, por ejemplo, que la buena siembra debe hacerse en suelo bien penetrado por el agua, si no, es como si sembrara en dos tierras, en sequedad y humedad. La escarda, dice otro, debe hacerse en polvo, esto es, en tierra suelta no muy llovida. La segunda, en cambio, debe hacerse en lodo, pero no muy en lodo, porque se pierde la labor. ¡Santo Dios! Como si la lluvia pudiera darla uno mismo con regadera...

Algo más con respecto al tiempo empleado en las labores. Los trabajos de siembra, escarda y segunda se llevan tres semanas cada uno por término medio. A esto hay que agregar las tres o cuatro primeras semanas de barbecho. Hasta ahora, en el Tacamo nuestro calendario ha sido perfecto y más bien vamos adelantados, cual debe ser, en espera de la estación. No así en Tiachepa, naturalmente. Pero de eso prefiero no hablar.

—Tú no eres hija de Marcial, me extraña que no lo sepas. Tú eres hija de Pedazo de Hombre, que de Dios goce. Yo era amiga de tu madre y vivía cerca de ustedes, por eso me di cuenta, pero todo el barrio lo supo. Pedazo de Hombre era fontanero y no salía de las casas, diario destapando los caños, remendando los cazos de cobre y arreglando las máquinas de coser. Era muy ocurrente pero le faltaba una pierna. Tu madre lo mandó llamar una vez para que le compusiera la puerta del horno, porque le gustaba hacer pan. Cosas que pasan. El caso es que en mala hora llegó tu padre, quiero decir, Marcial. Pedazo de Hombre largó la pata de palo y se fue con los pantalones en la mano brincando bardas de corral con una sola pierna, del miedo que llevaba, hasta que cayó en mi casa. Lo tuve escondido hasta que el carpintero le hizo su pata, porque la bendita de tu madre, Dios la haya perdonado, echó la otra con el susto al fogón de la cocina. Pedazo de Hombre estuvo tres días conmigo, y me arregló de balde todo lo que yo tenía descompuesto. Era un hombre muy ocurrente. Pero entre tu madre y yo se acabó la amistad. Dios la tenga en su Santa Gloria...

37

No tengo palabras para describir las jornadas de la siembra. Los mozos van descalzos por los surcos. Colgado al hombro llevan el costal de la semilla, como una hamaca. Con pasos medidos van arrojando los granos y los tapan echándoles tierra con el pie. La cuadrilla parece entregada a una danza lenta y antigua. Los mozos, ensimismados, olvidan sus canciones, sus dichos y sus chanzas.

Al volver a mi casa, me vine despacio, solemnemente, sin arrear ni una sola vez al caballo. Como si todas mis esperanzas, y lo mejor de mí mismo, quedara depositado en la tierra. Antes de montar, eché algunos granos de maíz en un surco. Me fijé bien dónde los puse. A ver si tengo buena mano de sembrador.

—Me trata muy mal, padre, anda con otras mujeres y cada que le reclamo me dice "vete al carajo".

—No te peocupes, hija. El carajo es un árbol grandote adonde uno va a descansar después de muerto.

—Pero yo no quiero morirme, padre.

—Entonces aguántate. Todos los hombres somos así, hijos de la mala vida. Yo hice sufrir mucho a tu madre, casi puedo decirte que se murió de las mortificaciones que yo le daba. Siempre la mandé al carajo. Pero ella me dijo Dios te perdone y me echó la bendición antes de irse.

Muy mal comienzo en la labor de Tiachepa. Los bueyes que me prestaron son grandes y fuertes, los arados macizos, y les puse a todos rejas nuevas. Y los bueyes pujan despatarrados, avanzan muy lentamente, y los arados brincan haciendo agujeros en la tierra dura y engramada. Tuvimos que poner a dos yuntas en cada surco, y en vez de abrirse, la tierra se rompe en cuarterones. A la hora de rayar, los surcos no van a ser surcos.

Alguien me informó que en la hacienda de la Cofradía del Rosario había un tractor desocupado y por fortuna me lo rentaron. En medio del desastre, no puedo negar que esto del tractor me ha ilusionado: soy uno de los pocos agricultores que en este valle utiliza maquinaria moderna.

—Me acuso padre de que se me ocurrió un verso. Andaba barriendo el pasillo y se me ocurrió.

—¿Cómo dice?

> Vamos juntando virutas
> en casa del carpintero,
> las cambiamos por dinero
> y nos vamos con las p...

—¿Cuántos años tienes?

—Doce. Doce entrados a trece.

—¿Y desde cuándo se te ocurren esas cosas?

—Es el primer verso que hago. Bueno, no, antes había hecho otros pero no me salían bien.

—No, no digo versos. ¿Desde cuándo tienes malos pensamientos? ¿Cuándo empezaste a pensar y hacer cosas malas?

—¿Cosas malas? Cuando tenía tres años...

—¿Cuántos?

—Tres.

—¿Tres?

—Sí, tres, tres. Bueno, tres entrados a cuatro.

—Pero cómo es posible... ¿Cómo te acuerdas?

—Porque fue en el Colegio de San Francisco. Me hallaron con una niña. A mí y a otro. Yo no estaba ni siquiera en párvulos, iba nomás a acompañar a mis hermanos más grandes, fue cuando me aprendí de memoria "El Cristo de Temaca" y todavía no comenzaba a estudiar el silabario...

La renta del tractor es de diez pesos diarios, y el tractorista gana uno cincuenta. A esto hay que añadir el consumo de petróleo. Hubo además que hacerle algunas reparaciones y en ellas perdimos tres días, que me pasé enteros en el campo viendo trabajar al mecánico. La zapatería la tengo olvidada por completo, y uno de mis competidores ha aprovechado mi distracción para hacer de las suyas. Tiene un poeta a sueldo vago y borrachales, que le está escribiendo anuncios versificados en detrimento de mi negocio y de mí mismo. En uno de sus mamarrachos, dice que yo no fabrico zapatos para personas, sino zapatas para tractor. Y lo peor de todo es que en esto hay algo de verdad. El aparato en cuestión tiene las llantas bastante gastadas y patina sobre la grama. Como yo no puedo comprarle otras nuevas, me ingenié para adaptarle por medio de cadenas unos eslabones de suela burda con estoperoles y remaches.

Estoy desesperado. El tractor vuelve a patinar porque las mentadas zapatas se rompen a medio día, y yo carezco de inspiración para contestar al poetastro y ponerlo en su lugar...

*

El cortejo se detuvo un momento frente a la tienda de don Cuco. Alguien pidió que lo relevaran.

—A ver, a ver. Aquí hace falta un chaparrito.

Don Fidencio se adelantó casi corriendo.

—Con su permiso.

Los que llevan el ataúd son de baja estatura, pero del lado del sustituto la caja se inclinó un poco más. Don Fidencio se imaginó la cabeza del licenciado allí tan cerca de la suya y le dieron ganas de hablarle al oído, lástima que ya estuviera muerto... "Licenciado, Licenciado, la letra de cambio ¿de veras se le perdió? Si la letra no aparece ¿qué será bueno hacer? ¿Se lo digo a su hermano, o me quedo callado?"

—Vámonos echando la otra, al fin que ya pasó el entierro y la vida tiene que seguir adelante.

Don Cuco se había quedado viendo sin ver y se dio unas palmaditas en la barriga. Dicen que es el hombre más gordo del pueblo y eso le da mucho miedo, sobre todo desde que le dijo el doctor: "Un día de éstos nos va usted a sacar un buen susto si no se cuida con la comida y las copas..." Don Federico le adivinó los pensamientos y le dijo con su risita:

—No se apure, don Cuco, ya le haremos a usted su cajón a la medida, con media docena de tablones. A mí, bien me pueden enterrar en una canaleja.

—Qué cosas se le ocurren...

—No se preocupe, el rasador es parejo. Ya ve usted, ahora Señor San José se acaba de llevar a su mismito Mayordomo...

Don Cuco llenó otra vez las copas con un gesto de resolución, y vació la suya de un golpe. La cara se le puso brillante de sudor y los ojos se le llenaron de lágrimas, como si la plenitud de su cuerpo no pudiera soportar ya el exceso de una copa y el tequila se le derramara por todos los poros.

—No estés hablando de más y vete al entierro del Licenciado. Acuérdate de que vas en mi representación. Rézale por el camino unos padres nuestros, con su requiescat, y cuando lo bajen al pozo échale su puñito de tierra. ¡Pobrecito, tenía cada ocurrencia! No hace mucho que estuvo aquí la última vez y todavía me dijo: "¡Ay María, con lo guapa que tú eras, yo debía haberme casado contigo!"

Celso salió del cuarto con su paso meneado de arcángel equívoco. Doña María la Matraca le gritó cuando iba en el patio:

—No se te olvide comprarme de vuelta los bálsamos en la botica; bálsamo magistral y bálsamo tranquilo. ¡Acuérdate de que a la noche me tienes que dar unas friegas!

Ya sola, volvió a leer compungida el versículo de la esquela: "Pasó por la vida como una brisa bienhechora..."

—...brisa bienhechora. Bonita brisa bienhechora. ¡Viejo jijo de la pescada, a todos nos dejaste temblando! El papel aguanta todo lo que le pongan, aunque sea de luto. Brisa bienhechora... ¡Puro chagüiste, puro granizo y puro derriengue! Una sanguijuela que traíamos pegada en las costillas, y que ahora va a chuparnos más recio por boca del hermano...

Mero adelante del cortejo viene Odilón, el sobrino del muerto. De negro, pero en traje de charro, con abotonaduras de plata. Va en el mejor caballo que hay en su casa, que es como quien dice en toda la región, ese mojino medio zarando que a cada momento parece que va a aventarlo de la silla, si Odilón se descuida.

—A propósito. Ésa es una montura de emperador. Su abuelo la compró a uno que venía de Colima y la llevaba de regalo para Maximiliano...

—Porque hace mucho aquí estuvieron los franceses.

—Y allí nomás en el Camino del Agua, les ganamos la batalla.

—El que traía la silla vio la corredera y creyó que se había acabado el Imperio. Y por miedo a que se la quitaran los chinacos, la vendió de oportunidad y nunca volvió a dar cuentas a Colima...

—Lo que son las cosas. ¿Usted sabe que el Licenciado y su hermano no se hablaban desde muchachos por causa de esa silla?

—¿Cómo así?

—El viejo le heredó la silla al mayor, esto es, al Licenciado. Pero como no fue hombre de campo, don Abigail se la pidió prestada cuando se iba a estudiar a Guadalajara. Cada que venía de vacaciones, el Licenciado le reclamaba la silla y se hacían de palabras. Para no alargarle el cuento, cuando vino ya titulado, don Abigail, como quien dice, se montó en su mula, con todo y silla, y se quedó con ella. Y desde entonces no se hablaban. Ésta

43

es la primera vez que sacan esa montura a relucir.

—Fíjese usted nomás, el día del entierro del dueño...

—Deja el serrucho, Francisco, allí viene el entierro del Licenciado.

Francisco le dio más duro al serrucho, como si no oyera las palabras que su mujer le decía desde la ventana:

—Deja el serrucho, Francisco, asómate a la puerta. ¿Por qué no vas al entierro?

—¡A mí se me hace que este viejo tal por cual se murió nomás por no hacerle la Función a Señor San José! Acuérdate, el día que se sacó la rifa, y cuando ya no podía echarse para atrás, le tuvieron que poner una inyección de quién sabe qué, para que volviera del susto... Más valía que no hubiera vuelto, si de todos modos se iba a pelar...

—Por favor de Dios, no digas eso, Francisco. Acuérdate de que el Licenciado siempre te daba trabajo.

—Me daba porque le convenía. Con eso de que en su casa le ayudaron a mi hermano a que se hiciera Padre, el Licenciado decía que éramos como de la familia y me pagaba siempre lo que le daba la gana...

—Tiene usted razón, todo nos llega de lo alto.

Don Fidencio alzó los ojos y vio el cielo lleno de nubes negras.

—¡Ay don Antonio, qué se me hace que nos vamos a mojar!

Don Federico se arrimó a una de las puertas de la tienda y extendió la mano. Una gota le cayó en la palma, gruesa como una moneda.

—Bendito sea Dios. ¡Qué buena mojada se van a dar todos estos enterradores! ¡La primera tormenta del año, en el entierro del usurero! ¡Lástima que no sean monedas de oro, de las que él tenía guardadas!

—Cállase, cállese, don Federico, por el amor de Dios.

Después de las copas, don Cuco se sentía culpable y lleno de remordimientos.

—Enterrar a los muertos es una obra de misericordia...

Don Abigail va presidiendo el cortejo, con un traje negro que según parece fue el de su boda. "Maldita silla. Si no nos hemos peleado, yo creo que aquél habría hecho su testamento a favor de Odilón." Buen paño, pero ya deslavado y encogido. Flojo el nudo de la corbata y los zapatos con huellas de que antes de salir de su casa se dio una vuelta por el corral de las vacas.

—Pobre de mi hermano. Yo no sé cómo pudo echarse semejante compromiso, con lo enredados que tenía sus negocios... Tal vez se dio cuenta de que no iba a cumplir su palabra y prefirió morirse para no quedar mal...

Chonita dejó su rosario y corrió al patio.

—¡Ven Jacinta, ayúdame a meter todas las jaulas! ¡Jesús mil veces! Qué tormenta se vino... Y el pobre Licenciado que han de ir llegando con él a la Plazuela de Ameca. Si siquiera les hubiera agarrado el agua al ir pasando por el Santuario... Así podrían guarecerse y el difunto saldría ganado. Un rato más en la casa de Dios antes de que lo echen al pozo...

✸

—No hable usted mal de los muertos, al fin y al cabo ya no están en este mundo y no pueden hacernos nada.

—Pues yo, me perdona usted, pero sí hablo. Y el que la tiene que pagar, pues que la pague, y si no la pagó aquí, pues que la pague allá. Y si el Licenciado se va al infierno, pues que los diablos le aticen leña, que al cabo para eso están.

—¿Al infierno? Yo creo que cuando mucho el Licenciado va a irse al Purgatorio. Ya ve usted las exequias que le hicieron, y dicen que le van a decir las misas gregorianas...

—Pues que se quede un rato esperándolas, porque cuestan caras y a su hermano se le va a hacer tarde en mandárselas decir.

—Pero si él no tiene la culpa de haberse muerto, ya ve usted, quería hacer la Función de Señor San José, y prometió dorar el altar de San Vicente, que era el santo de su devoción.

—No, si yo no le reprocho que se haya muerto, cada quien puede morirse a la hora que le dé la gana. Lo que no le perdono es que nos ha dejado a todos en manos del hermano...

—Paz a los muertos...

✢

—...sí, yo te voy a dar tu paz, viejo méndigo. Ya veremos si descansas en paz con todas las mentadas de madre que te vamos a echar por tus cochinas letras de cambio... ¿Usted cree que alguien va a estar a gusto en el otro patio mientras aquí en este mundo siguen jodiendo a la gente por su cuenta? "Por esta única letra de cambio se lo va a llevar a usted el carajo, si no paga en el plazo fijado..." Y si no, que me lo pregunten a mí.

46

—Gracias a Dios que yo no le quedé debiendo al Licenciado ni los buenos días... Espéreme, déjeme ver, ahora que me acuerdo, creo que la última vez que vino no le pude dar completo su cambio, déjeme ver, creo que fueron treinta centavos... ora verá, treinta o cuarenta...

—Pues cuídese de que un día de éstos no se le vaya a aparecer para cobrárselos.

—Cállese la boca. Ya mero que el Licenciado iba a venir a asustarme por treinta centavos... De todos modos, yo no me quedo con ellos...

—Pues mándeselos a don Abigail, que es el heredero universal...

—No. Ahora a la noche que vaya al Rosario, voy a echárselos de limosna a las Ánimas del Purgatorio, no sea el diablo y venga a gatas...

El cortejo acababa de pasar por el Santuario y el Padre Zavala le echó al Licenciado desde lejos la bendición.

—Don Abigail, ¿no le parece bien que entremos un ratito al Santuario?

El cortejo dio media vuelta y don Abigail buscó a uno de los mozos que iban allí:

—Anda a la casa y dile a la señora que me mande un paraguas. Que mande todos los que haya. Mira, dile que pida por allí unos prestados y te vienes corriendo al Santuario.

—Si usted me permite, don Abigail, mi casa queda cerca de la suya. Que vaya también allí su mozo. Les dices que me man-

47

den paraguas.

—Mira muchacho, toma un cinco. Vete corriendo a mi casa, ya sabes, al otro lado de la escuela oficial, y les dices que por señas de que hoy caparon a los puercos, que me manden un paraguas.

—A mí se me hizo que iba a llover y traje mi paraguas, pero me da vergüenza abrirlo y que los demás se mojen...

En la nave del Santuario, casi al pie del altar, en un dos por tres quedó listo un catafalco, con sus cuatro cirios encendidos.

—Suerte que tienen los ricos. A éste ya le habíamos cantado hasta la despedida en la Parroquia, con su *De profundis* y todo, y ahora le dan su metidita en el Santuario para que no se moje. A lo mejor el agua le caía bien, si ya le estaban llegando las llamas del Purgatorio.

—O del Cazo Mocho, vaya usted a saber...

El órgano empezó a sonar otra vez. Pancho el cantor, que iba en el cortejo, se subió al coro con Rodolfo. Y otra vez volvieron los cantos y el agua bendita.

—Oiga don Manuel ¿usted cree en el agua bendita?

—Bendita lluvia la que está cayendo... Bendito sea Dios que nos da a su tiempo las lluvias, las tempranas y las tardías, y con ellas fecunda los campos que nos dan la cosecha...

Y don Manuel alzó los brazos al cielo antes de entrar al Santuario, como si toda aquella agua le cayera en el corazón:

—Estas aguas son las que ablandan la tierra para las siembras, las que hinchan la caña de las milpas, para que después

48

cuajen los granos del elote. Benditas sean una y mil veces. Que siga lloviendo, que siga lloviendo aunque nos pasemos aquí toda la tarde y la noche, velando otra vez al Licenciado, oyendo cantar responsos y rogativas al Padre Zavala, con esa voz de bajo tan bonita que tiene...

En el Santuario, don Fidencio se sentía cada vez más deprimido, pensando en su letra de cambio. "Por lo menos, el Licenciado siempre me esperaba, con tal de que le pagara los intereses." Afuera seguía lloviendo; adentro, el Padre Zavala seguía con el clamor de su voz monótona y creciente... "Ni buenos negocios, ni dinero enterrado, ni lotería. Solamente los ricos tienen buena suerte, sólo de ellos se acuerda la Divina Providencia. Se me hace que toda la vida me la he pasado aquí, oyendo cantar y rezar..."

✳

Ya eran como las seis de la tarde cuando la tormenta se deshizo en lluvia. Muchas gentes se salieron de la iglesia sin hacer ruido. Al salir de nuevo el cortejo iba reducido casi a la mitad, pero mucho más fúnebre bajo la llovizna y los paraguas negros.

La tierra del Panteón estaba hecha un lodazal. Alrededor de la fosa todos buscaban los sitios menos húmedos y se subían a las tumbas. Don Abigail se acercó reservadamente al profesor Morales, a propósito de la oración fúnebre:

—Mire, profesor, ya quedamos muy pocos y todos estamos cansados. ¿Por qué no la publica mejor en el periódico?

A la hora de bajar el cajón, todos se acercaron para echarle al Licenciado su puñito de lodo. Para no mancharse los dedos,

Celso le arrojó una florecilla, de parte de doña María la Matraca. El señor Cura dijo las oraciones rituales y echó sobre la tumba unas gotas de agua bendita que se confundieron con la lluvia.

♥

—Me acuso Padre de que tengo novia.
—Eso no es pecado, pero tú no tienes edad.
—Y el otro día le tenté...
—¿Qué le tentaste?
—Cuando yo era chico, mi tía Jesusita con una mano me levantaba el brazo y con el filo de la otra iba haciendo como que me cortaba con un cuchillo: "Cuando vayas a comprar carne, no compres de aquí, ni de aquí, ni de aquí... ¡Sólo de aquí!" Y de repente me hacía cosquillas debajo del arca.
—¿Y eso a qué sale?
—Es que yo también jugué a eso con Mela, pero se lo hice en la pierna, empezando por el tobillo... "Cuando vayas a comprar carne..."

Yo he visto llover muchas veces. Pero ahora, sin despedirme de nadie, al fin que había mucha gente, me salí del cortejo. Encomendé por última vez a Dios el alma del Licenciado y llegué casi corriendo a mi casa para ensillar el caballo. Con las primeras gotas, ya en la Puerta de Huescalapa, me eché al galope. Una fragancia nueva llenó mis pulmones, mientras la lluvia caía cerrada y oblicua sobre los surcos, oscureciendo la tierra. Me guarecí al pie del Tacamo, mientras los mozos llegaban corriendo a saludarme. Los animales se veían felices e inquietos bajo los truenos del temporal. Cada uno a su manera, pero todos hacíamos un rústico saludo a la nueva estación. Se acabaron, se acabaron las secas.

—Y pensar que todo el dinero lo gasté en la pólvora...

Don Atilano el cohetero se puso las manos en la cintura, al pie de la barriga que le brotaba del cinturón:

—Yo no sé en qué estaba pensando el Licenciado para hablarme de tantos miles y miles de cuetes... Yo creo que en el infierno... "Quiero quemar los castillos más grandes que se hayan visto en Zapotlán. El del Día de la Función será un castillo muy alto, con otros alrededor, para que parezca que toda la plaza se está quemando... Ven mañana para darte un buen anticipo..." Y el día del anticipo se murió... Y yo aquí con gente apalabrada y lleno de compromisos con ixtleros y carriceros... Y para acabarla de amolar, ahora se me mojó toda la pólvora que estaba secándose en el patio...

—Pobre Licenciado, al fin de cuentas era un hombre como todos nosotros. Pero les tuvo mucho amor a los centavos. Tanto, que ni siquiera se casó. Ésta era la primera vez que iba a gastar, Dios le tome en cuenta siquiera la intención. Se murió de golpe allí a media calle como quien dice, en brazos de Urbano el campanero. Un ataque al corazón, dijeron los doctores. A lo mejor se murió del puro miedo de dar porque él sólo estaba acostumbrado a prestar. Le prestaba a todo mundo, con y sin responsiva, según. Ganaba con los días del calendario, cada fecha tenía su vencimiento y los réditos se le venían encima aunque él no quisiera. No era muy usurero, pero dicen que a veces prestaba al por ma-

yor, para que otros prestaran al menudeo. Y éstos sí que clavaban
las uñas. ¿Tendrá también de eso la culpa el Licenciado?

—Yo venía para mi casa temprano porque me quedé a dormir
otra vez en el campanario. Así nomás despierto y voy dando las
horas y llamando las misas y me vuelvo a dormir. Y allí nomás
al dar la vuelta por Zaragoza vi que el Licenciado iba delante de
mí como media cuadra con su carne, medio agachado, como encogido...
—Y luego qué pasó.
—Lo vi como que se fue de boca, como que le dieron un em-
pujón. Pero no había nadie en la calle más que yo que lo iba al-
canzando porque él caminaba despacito. Me arrimé adonde cayó,
y estaba boca abajo con pataleta.
—Y tú qué hiciste.
—Me agaché y le di vuelta. Y al voltear la cabeza como que
me vio a mí o como que veía al cielo pero con los ojos bien em-
pañados. Me miró degollado, ya en las últimas.
—Y tú qué le dijiste.
—Miren, como que iba a conocerme. Le dije, "soy Urbano".
—Y él qué te dijo.
—Nada. Nomás movió los labios como que iba a rezar. Yo
entendí, espérense, déjenme acordarme, yo entendí que dijo "¡ay
mamá los toros!" Y yo pensé "unos pintos y otros moros", palabra, no vengo borracho. Allí se quedó. Luego vinieron este Huer-
ta y este Hilario el carnicero. Pero el Licenciado ya estaba bien
muerto allí con su carne que no la soltó. Hilario me dijo que me
la llevara y yo me la llevé para almorzar. Era un pedazo de cuadril. Luego me preguntaron que qué había pasado y yo les conté
esto que les estoy contando...

—¿Sabe, Vicentita? Yo creo que San Vicente no quiere que le doren el altar. Dicen que era un santo rete humilde...

—Pero si todos los altares de la Parroquia ya están dorados, sólo falta el suyo, y no hay que hacerlo menos... Deme un cuarto de pepena, pero de aquí... No, mejor de aquí, que está la tripa más gorda. A ver, déjeme ver... De aquí.

Antes de cortar el pedazo, el carnicero hizo la señal de la cruz en el aire, santiguándose con el cuchillo, para bendecir la primera venta de la noche.

—¿Sabe usted que el Licenciado por poco y se me muere aquí adentro? Yo no le noté nada, pero traía mucha prisa y no quería platicar como otras veces. "Despáchame, despáchame porque ya me voy." Y se salió casi corriendo con su pedazo de cuadril... Él siempre compraba cuadril. Y nomás caminó media cuadra. Cuando llamamos al señor Cura y al doctor, ya estaba bien muerto...

He optado por olvidarme de Tiachepa, por lo menos en mis apuntes. Y para consolarme, todos los días voy al Tacamo. Las milpas han brotado, y el campo, al atardecer, está lleno de estrellitas verdes.

—Muerte muy triste la que tuvo el Licenciado ¿no es verdad, don Andrés?

—Pues a mí en realidad no me parece tan triste, vea usted lo que son las cosas. Tal vez sea mejor así, ir caminando por la calle y recibir la muerte de golpe.

—Usted y el Licenciado eran de la edad ¿verdad don Andrés?

—Bueno, él me llevaba como tres años, pero lo mismo da, la muerte no se fija en el calendario.

—¿Y la Función, quién la va a hacer ahora?

—Pues eso va a estar difícil porque murió intestado, y su hermano, se lo digo aquí en confianza, no le da agua ni al gallo de la Pasión...

—Me acuso Padre de que leí dos libros.

—¿Cuáles?

—Uno que se llama "Conocimientos útiles para la vida privada" y otro que se llama "Historia de la prostitución". Tienen dibujos.

—¿Quién te los prestó?

—No. Me los hallé en el troje de mi casa. Están en un solo libro pero son dos, con pasta colorada.

—¿Son de tu papá?

—No. Estaban en unas cosas de un tío que se murió.

—Ah... Tráemelos mañana mismo a la sacristía. Vas a rezar cinco rosarios de penitencia...

—Pues que hagan otra rifa, a ver quién se la saca.

—¿Usted cree que vaya a haber otra rifa?

—Quién sabe. Tal vez no. El tiempo está ya muy adelantado, y para eso hay que prepararse con mucha anticipación. ¿No se ha fijado usted en que los mayordomos siempre le hacen la lucha para ganar más dinero el año de la Función? Acuérdese de don Bardomiano.

—¿Cuando se sacó la lotería?

—"Si me saqué una, me tengo que sacar la otra." Y le estuvo entrando a la lotería con puros billetes enteros. Los mandaba pedir a México y se los ponía en los pies a Señor San José, de acuerdo con el sacristán. ¡Y que se le va haciendo el milagro! Por cierto que el sacristán todavía le anda reclamando el barato.

—¡Qué barbaridad!

—Don Bardomiano gastó en la Función una partecita del premio. Con la otra ya sabe usted lo que hizo...

—Se quedó con las tierras de los Michel.

—¿Y quién le iba a decir que no lo hiciera? Los Michel estaban en la chilla y se las aventaron por lo que quiso darles. Y allí tiene usted a don Bardo podrido en centavos...

—¿Se acuerda usted de cuando le tocó hacer la Función a Don Salva? ¡Qué bárbaro! ¿Cómo se llamó aquello?

—Barata de Señor San José. No se puede negar que la ocurrencia fue buena, y sinceramente muy legal...

—Yo no diría lo mismo. ¿A qué sale que el nombre de Señor San José ande de aquí para allá como si no le tuviéramos ningún respeto?

—Siempre ha habido aquí cosas que lleven su nombre, como las veladoras y las tablillas de chocolate...

—Bueno, sí, eso puede pasar, hasta el jabón, pero lo de la barata se me hace muy irrespetuoso.

—Yo no creo que tenga nada que ver. Don Salva estuvo vendiendo todo el año a precios de realización y les daba a los clientes una estampita: "Éste es el mero interesado", les decía. Y la gente compre y compre, y los demás comerciantes de ropa, rabiando en sus tiendas vacías...

—¿Y en fin de cuentas qué pasó? No voy a decir que la Función estuviera mala, fue de las mejores. Pero dos o tres meses después don Salva compró casi todo el portal donde está su tienda, lo fincó de nuevo y creció el negocio a más del doble...

—¿Vender? ¿Vender, señor Cura? ¿Pero qué es lo que yo tengo aquí para vender? Ni modo que venda la casa en que nacimos ni la del Santuario que nos viene desde quién sabe cuántas generaciones. ¿Vender? Con todo respeto, sépalo usted, señor Cura, desde que yo tengo uso de razón nosotros no hemos vendido nada... Nada que no sean las cosechas, el queso y los puercos gordos. Y esas cosas se venden a su tiempo, como el ganado de desecho y el desahije, y todo eso apenas ajusta para el gasto de esta casa, que parece un cuartel. Y ahora los gastos del entierro... No sé cómo mi hermano se puso a echarse este compromiso encima, teniendo sus negocios tan enredados. Palabra, Dios le perdone, yo no sé qué es lo que dejó, ni él supo nunca lo que tenía, siempre desparramando su dinero por todo el pueblo, prestando casi siempre de palabra y sin llevar sus cuentas. Los deudores se robarán lo que quieran: "A ver, ¿dónde tiene usted su recibo?" "Pues cuál recibo. Si el Licenciado nunca nos daba..." Y no me va a ajustar la vida para pasarla en corajes. Lo que yo sí quiero hacer en memoria de mi hermano es entrarle a la rifa del año que viene y hacer, si me la saco, la Función en su nombre, ya que se arregle lo del intestado. Así haremos las paces, porque ya sabe usted que él y yo no nos hablábamos... ¿Pero vender, señor Cura? Yo le prometí a mi padre en su lecho de muerte no vender nada de lo que él nos dejó. Ahora que me acuerdo... lo único que hemos vendido es el solar donde está ahora el Camposanto. Ese Camposanto era de nosotros y se llamaba El Aguacate, porque allí había un aguacate muy grande y muy bueno. Era de nosotros y nos lo quitaron. Los del Municipio le pusieron el precio y con lo que nos dieron no ajustaba siquiera para pagar la barda. Porque mi padre lo mandó bardear de puro ladrillo para que la gente no se robara los elotes... estaba tan en el pueblo... Allí se daban unos elotes así de grandes, señor Cura. En ninguna otra tierra se han dado así de grandes y de dulces. La pobrecita de mi madre ya no volvió a comer elotes de la pura mortificación y cada año se acordaba: "Esa tierra era de puro azúcar, daba unos elotes tan dulces..." Dios la tenga en su santa gloria. A propósito de elotes, mañana voy a mandarle al curato, si usted me lo permite, unas dos docenas de elotes de riego, de los mejorcitos, aunque no sean tan buenos como los del Camposanto...

—En el nombre del Padre, del Hijo y del Espíritu Santo; ahora todos somos mayordomos... ¿Quién no ha querido alguna vez ser mayordomo? Como ninguno de nosotros tiene dinero para hacer la Función, vamos a hacerla entre todos. En cada casa de Zapotlán va a haber una alcancía, y la vamos a romper en octubre. Nos estábamos quejando porque no había mayordomo, y ya ven ustedes, ahora tenemos treinta mil. Así es nuestro Patrono...

Si camino paso a paso hasta el recuerdo más hondo, caigo en la húmeda barranca de Toistona, bordeada de helechos y de musgo entrañable. Allí hay una flor blanca. La perfumada estrellita de

San Juan que prendió con su alfiler de aroma el primer recuerdo de mi vida terrestre: una tarde de infancia en que salí por vez primera a conocer el campo. Campo de Zapotlán, mojado por la lluvia de junio, llanura lineal de surcos innumerables. Tierra de pan humilde y de trabajo sencillo, tierra de hombres que giran en la ronda anual de las estaciones, que repasan su vida como un libro de horas y que orientan sus designios en las fases cambiantes de la luna. Zapotlán, tierra extendida y redonda, limitada por el suave declive de los montes, que sube por laderas y barrancos a perderse donde empieza el apogeo de los pinos. Tierra donde hay una laguna soñada que se disipa en la aurora. Una laguna infantil como un recuerdo que aparece y se pierde, llevándose sus juncos y sus verdes riberas...

—¿Sabe usted quiénes fueron los primeros en ir a dar su apoyo a la iniciativa del señor Cura?

—Los tlayacanques. Sí, pero espérese. Ahora viene lo bueno. Me lo contó el sacristán. Le ofrecieron al señor Cura los bueyes y la carreta. En una palabra, ellos querían encargarse de todo, en nombre de sus viejas cofradías, pero el párroco les dijo: "No se propasen ustedes, ni gasten más de lo que pueden. Acuérdense de su pleito que cuesta mucho dinero, y más ahora que se murió el Licenciado..." ¿Qué le parece?

—Vivir para ver...

—Bueno, en resumidas cuentas, esto no es ninguna novedad. La Función siempre la ha hecho el pueblo, aunque haya Mayordomo. ¿De dónde han sacado los ricos su dinero? "...Habéis devorado la cosecha, y del despojo de los pobres están llenas vuestras casas." Y no soy yo quien lo dice...

—Ah qué usted, don Isaías...

—Tomemos las cosas con calma. Vamos a ver, yo creo que el señor Cura al fin y al cabo nos está haciendo un favor. Si va a convertir la feria en una fiesta de indios, sea por Dios y venga más. Ustedes ya conocen a los naturales. Si cada año, nomás para la fiesta de las Cruces un Capitán de Vivas gasta todo lo que tiene y se endroga hasta donde puede, imagínense lo que va a pasar ahora que todos se sienten mayordomos de la Función. No les va a quedar ni un centavo para los pleitos, y hasta les va a hacer falta para sus idas y venidas a México y Guadalajara. Ya no van a poner sus huellas digitales en papeles que ni siquiera saben lo que dicen. Lo único que nosotros debemos hacer, es no soltar dinero para la feria, y para no quedar mal con Dios Nuestro Señor, podemos dar todo lo que se pueda para el Seminario que quieren hacer aquí los padres jesuitas. Ese dinero sí que estará bien gastado, será como ellos dicen, para mayor gloria de Dios, en vez de que se tire en diversiones profanas...

—Lo que son las cosas. Otra vez tiene razón don Abigail.

—Y ni modo que yo me suba mañana domingo al púlpito y haga pública la confesión del Licenciado. Gracias a Dios que tuvo el presentimiento y vino a confesarse. "Todo lo que me debe el pueblo de Zapotlán, voy a gastarlo haciendo una fiesta como nadie la ha hecho, y ayudándoles a los indios para que les devuelvan sus tierras. No quiero dejarle nada a mi hermano. Mis bienes son

todos para la Parroquia y para el Hospital de San Vicente..."
Señor San José, ¿por qué te lo llevaste antes de que hiciera su
testamento?

—Con todo respeto, señor Cura, esto me parece ¿cómo le diré?,
un poco revolucionario. Apenas si se está calmando tantito la
gente, y con esto les pueden perder otra vez el respeto a los pa-
trones. El Mayordomo es un símbolo, señor Cura, es un símbolo,
no lo olvide usted. Y ahora se están sintiendo mayordomos, como
si no hubiera arriba y abajo ni clases sociales ni nada. ¿Sabe lo
que le oí decir el otro día a una mujer que estaba vendiendo tortillas en la plaza? "Le vamos a hacer a Señor San José una Función como no se la han hecho nunca toda esta bola de ricos muertos de hambre..." ¡Imagínese nomás!

El señor Cura juntó todo el dinero que tenía y se fue a ver a don
Atilano, que seguía con las manos en la cintura, lleno de compromisos. "Póngase a trabajar desde ahora mismo y lleve adelante
los planes del Licenciado. Aquí está para los gastos más urgen-
tes. Necesitamos un castillo para cada día del Novenario, y el
más grande que se le ocurra para el día de la Función. Por lo que
se refiere a los cohetes, haga todos los que pueda. Principalmente de luces. Yo respondo."

A don Terencio se le ocurrió el mismo día de la muerte del Licenciado, pero dejó pasar un tiempo más antes de publicarlo en

60

su periódico:

"Algunos lectores se han acercado a nuestra redacción para sugerirnos la conveniencia de que se constituya una Asociación de Deudores del difunto Mayordomo, cosa que hemos juzgado del mayor interés para los habitantes de este pueblo. Como es del dominio público, el señor Licenciado jamás llevaba bien sus cuentas y casi nunca daba recibo por los pagos que se le hacían; por lo tanto, todos temen ser víctimas de injusticias a la hora de hacer cuentas con los sucesores. Hay quienes hablan de que la Asociación de Deudores debería intentar ante las autoridades correspondientes una expropiación *post mortem* de esos capitales y dejarlos a beneficio del pueblo, en esta forma: que el que no tenga, que no pague; y el que tenga, entregue su deuda a la propia asociación para obras de utilidad general. Es necesario despertar la conciencia pública de Zapotlán el Grande, y evitar que los señores curas, con el pretexto de que la Función va a hacerla este año el pueblo, se conviertan en herederos ilegítimos del ilustre desaparecido, y se lleven el agua a su molino. En todo caso, el señor presidente municipal ha hecho muy bien en mandar sellar las puertas de la casa habitación del difunto, para evitar las visitas de los afligidos deudos. Sólo nos permitimos recomendarle que eso no basta, y que la casa debe tener centinelas de vista, día y noche... De buena fuente, sabemos que algún allegado al muerto la está vaciando por el corral..."

—Me acuso Padre de que en la imprenta donde trabajo también hacemos el periódico de don Terencio.

—Bueno, de eso tú no tienes la culpa.

—No, pero en el último número van a salir unos versos de un militar.

—Dímelos.
—A ver si me acuerdo:

> *Vade retro,* bandidos de sotana,
> engendros de Loyola y Satanás...

—¡Qué atrocidad!
—Y cuando iban a meter a la prensa ese pliego, vi que decía enjendros con jota y yo le puse la ge. ¿Es pecado?
—No... no es pecado...

La escarda es la operación más importante en el cultivo del maíz. Acabo de saberlo y lo confirmo por experiencia propia. Se hace con arado de dos alas, pero bastante plegadas, para que la tierra no tape las milpitas, que no deben estar para entonces ni muy chicas ni muy grandes: como de una cuarta, para que los tallos queden bien protegidos. Detrás de las yuntas de escarda van los alzadores, que se la pasan todo el santo día de Dios casi a gatas, rasguñando los surcos. Van enderezando las matitas que quedaron chuecas o sepultadas, y arrancando de paso los yerbajos, para que la labor quede limpia. A otras milpas, que no alcanzaron tierra, se la arriman con la mano. De la escarda depende, pues, el buen resultado final de la labor. Hoy me quedé en el campo hasta la caída del sol, viendo trabajar a los escardadores. Yo mismo me metí de alzador un buen rato. Y ahora, en la noche, ya no aguanto los dolores de espalda...

Juan Tepano, Primera Vara, anda con todos los suyos trabajando en el campo. Con todos los suyos que son dueños de la tierra, y que de sol a sol la trabajan para otros. Ahora tienen esperanza, como si el año que entra ya fueran a sembrarla por su cuenta.

Juan Tepano, Primera Vara, anda contento y dice versos y dichos viejos. Pedazos de pastorela. Luego da unos pasos de danza de sonajero. Y viendo que Layo apunta a un cuervo con su escopeta, le llama la atención.

Los cuervos van volando por los sembrados al ras de los surcos. Graznan. Se paran y picotean la tierra como buscando algo.

—A los cuervos no les tires, Layo. Nomás espántalos. Son cristianos como nosotros y no les hacen daño a las milpas. Nomás andan buscando y buscando entre los surcos. Buscan los granos de maíz. Como que se acuerdan de dónde los enterraron, pero luego se les olvida.

Es la hora de comer y la cuadrilla está alrededor de las brasas, calentando el almuerzo. Quién echa a la lumbre un tasajo de cecina y quién un pedazo de pepena, para alegrar las tortillas. Comen despacio a la sombra de un tacamo, mientras los bueyes van al aguaje y sestean.

—Nomás espántalos, pero no les tires. Los cuervos son como tú y como yo. Andan arrepentidos buscando y buscando lo que se comieron por el camino, cuando venían volando en la noche con su grano de maíz en el pico. Pobres, no tienen la culpa de haber caído en la tentación. Ustedes ya no se acuerdan, pero los cuervos trajeron otra vez el maíz a Zapotlán, cuando nos lo quitaron las gentes de Sayula, de Autlán, de Amula y de Tamazula. Todos vinieron y nos quitaron el maíz. De pura envidia de que aquí se daba mejor que allá. Aquí se da mejor que en todas partes y por eso nuestra tierra se llamaba Tlayolan, que quiere decir que el maíz nos da vida. Pero los vecinos nos hicieron guerra entre todos. Nos quitaron primero la sal y luego se llevaron las mazorcas, todas, sin dejarnos ya ni un grano para la siembra.

Y nos cercaron el llano, guardando todos los puertos para que nadie pudiera pasar. Y entonces Tlayolan se llamó Tzapotlan, porque ya no comíamos maíz, sino zapotes y chirimoyas, calabazas y mezquites. Andábamos descriados, ya sin fuerzas para la guerra. Pero tuvimos un rey y su nahual era cuervo. Se hacía cuervo cuando quería, con los poderes antiguos de Topiltzin y Ometecutli. Se hacía cuervo nuestro rey, y se iba a volar sobre los sembrados ajenos, entre los cuervos de Sayula, de Autlán, de Amula y de Tamazula. Y veía que todos tenían el maíz que nos quitaron. Y como su nahual era cuervo, supo que los cuervos buscan y esconden las cosas. Y con los poderes antiguos de Topiltzin y Ometecutli, nos enseñó a todos para que nos volviéramos cuervos. Y un año limpiamos las tierras, que todas estaban llenas de chayotillo, de garañona y capitaneja. Limpiamos y labramos la tierra, como si tuviéramos maíz para sembrarla. Y cuando comenzaron las lluvias, ya para meterse el sol, nos hacíamos cuervos y nos íbamos volando para buscar el maíz que sembraban las gentes de Sayula, de Autlán, de Amula y de Tamazula. Volvíamos cada quien con su grano en el pico, a esconderlo en la tierra de Zapotlán. Pero como nos costaba mucho trabajo encontrar las semillas y todos teníamos ganas de comer maíz, nuestro Rey Cuervo dijo que los que se tragaran el grano por el camino, se quedarían ya de cuervos, volando y graznando entre los surcos, buscando para siempre el maíz enterrado. Y muchos de nosotros no se aguantaron las ganas y se tragaron el grano en vez de sembrarlo en nuestra tierra. Y ya no volvieron a ser hombres como nosotros...

—No les tires a los cuervos, Layo, con tu escopeta. Ellos trajeron otra vez el maíz a Zapotlán. Y los que cayeron en la tentación, no tienen la culpa. Querían comer otra cosa, y ya estaban hartos de zapotes, de chirimoyas, calabazas y mezquites. Por eso andan volando todavía por los campos.

—Cuando vieron que nosotros cosechamos maíz sin sembrarlo, porque no teníamos semilla, y ellos sembraban y no se les daba, las gentes de Sayula, de Autlán, de Amula y de Tamazula hicieron la paz con nosotros y nos dejaron ir por la sal a las lagunas de Zacoalco...

Este año, Juan Tepano, Primera Vara, anda contento como si a él y a los suyos ya les hubieran devuelto la tierra. Canta pedazos del Alabado y dice versos y dichos viejos. Da unos pasos de danza. A la hora de comer cuenta un cuento. Y al ver que un cuervo pasa graznando por encima de la lumbre apagada, dice riéndose con el filo de la mano sobre los ojos:
—Mira Layo, allí va volando un cristiano...

Ya terminamos la escarda y las lluvias siguen siendo muy favorables por el rumbo del Tacamo. (De Tiachepa más vale no hablar.) Bueno, las lluvias son favorables y ya terminamos la escarda. Hoy comenzamos la segunda: el que no asegunda no es buen labrador, dice el dicho. La segunda se da también con arado de dos alas, pero bien abiertas, para que las matas queden muy bien arropadas con la tierra fresca que derraman. Para este fierro ya se ocupan menos peones, pues el trabajo de alzar es más rápido y sencillo que el de la escarda. Las milpas están ya grandes y fuertes, y resisten bien el empuje del arado.

Doña María la Matraca estaba acostada en su cama. Entró Celso José con sus pantalones de dril claro, apretados y rabones. Con su camisa recién planchada. Siempre llega como arcángel, con su halo de santidad: el sombrero de palma echado hacia atrás, aplanado y deslumbrante. Le gusta quedarse en los umbrales, con una mano en el canto de las puertas y la otra en la cintura. Ahora trae una cajita de cartón colgada de un hilo, que sostiene temeroso con la punta de los dedos. Doña María se levantó las faldas, enjugándose de paso los ojos con el borde, porque había llorado, acordándose del Licenciado: "¡Ay María, con lo guapa que tú eras, yo debí haberme casado contigo!"

—Cierra la puerta, Celso. (Entornó los ojos, suspirando.) Duelen más que una inyección, pero hacen mejor provecho. Pobres, me da una lástima...

Celso se puso de rodillas junto a la cama. Con gran precaución abrió un poco la cajita y sus hábiles dedos de costurera cogieron la primer abeja por las alas. Se la puso a doña María poco más arriba del tobillo, haciendo un mohín con los labios. Al sentir el piquete, la señorita se quejó suavemente, abanicándose con la mano.

—¡Ay Dios ay Dios! Qué se me hace que ahora me trajiste de las más bravas... (Celso le dio una palmadita en la pierna):

—Ándele, ándele... La primera es la que duele más, doña Mariquita. Aguántese tantito. Le traje puras mansitas, de esas güeras güeras que les dicen italianas... (La abeja, ya destripada, iba subiendo por la pierna de doña María. Con la yema del dedo, Celso José exprimía sobre la piel blanda el aguijón de la abeja.)

—Eso es, eso es... Apriétela bien ¡ay... ay..! que salga toda la ponzoña... (Y al ver que la abeja moribunda seguía caminando sobre su pierna):

—Mátala, Celso, mátala. Ya te he dicho que las mates luego para que no sufran. (Celso José puso la abeja en el suelo, y la aplastó con el guarache.)

—Pobres abejitas ¡me da una lástima! En vez de seguir haciendo su miel, vienen aquí a curarme las reumas. Me dan de

66

comer y son mis doctores... Ándale, Celso, pónmelas todas, que cuando tengo la hilera de piquetes, siento que toda la pierna se me duerme...

—Estamos fritos, o como decía mi abuelo, peidos de la caifasa. Ya tenemos dos alcancías para llenar en este año. Estoy de acuerdo con la primera, que es un puerquito de barro que nos trajo el Jefe de Manzana: "Llénenlo aunque sea de puros centavos de cobre, es para la Función de Señor San José." Pero ahora nos mandaron los jesuitas una cajita de madera que es para la construcción del Seminario nuevo "...de donde habrán de salir los sacerdotes que tanta falta nos hacen y que son el cuerpo vivo de la Iglesia..." Yo le dije a mi mujer que no más le echara dinero al puerquito, al fin que es para la feria y todos la vamos a disfrutar. En la cajita de madera les voy a poner un recado a los jesuitas diciéndoles que se la llenen los ricos, al fin que ellos son los que más bien se llevan con el cuerpo vivo de la Iglesia...

En el Tacamo sembré en seco y con fe: el día que murió el Licenciado cayó la primera tormenta y no tardaron en hincharse los granos y en brotar las milpas. Tiachepa es una lástima, un verdadero desierto. Solo iré a visitarlo cuando tenga ganas de sufrir. Por ahora me basta con hacer esta anotación, que corresponde más bien a mi libro de cuentas: se me han perdido dos bueyes ajenos. Una yunta pareja, los animales más fuertes y grandes de que disponía. He dado las señas por todas partes y puse un anuncio en el periódico, que no ha servido sino de pretexto para que mi competidor y su poeta me lancen otra fisga en el mismo número en que viene mi aviso:

> A damas y caballeros
> los calzamos como reyes,
> porque no buscamos bueyes
> perdidos en los potreros.

—Me acuso Padre de que corrieron a Luis Gómez de la escuela, nomás que se me olvida cuando me confieso.

—¿Tú tuviste la culpa?

—Bueno, no toda.

—¿Por qué lo expulsaron?

—Hizo un ejercicio de palabras de dos sílabas.

—¿Cómo era?

—Decía... No puedo. Ya no me acuerdo. Eran de dos sílabas, pero juntas una tras otra, se hacían malas palabras y el profesor se dio cuenta.

—¿Ya no vas a la escuela?

—No.

—Más vale. ¿Qué haces ahora?

—Trabajo en la imprenta.

—Ah... sí, en la imprenta...

—Yo estuve en la cena. Gracias a Dios que éramos pocos y pura gente de confianza. A don Faustino se le pasaron las copas, a cualquiera le puede suceder. Sin venir al caso, bueno sí, para dar las gracias de la cena, se levantó como pudo y dijo sin más ni más:

Señoras y señores, yo no creo en San José, en José, mejor dicho, porque él y yo nos hablamos de tú. Yo también fui muchacho y me dieron ganas de largarme del pueblo a buscar aventuras. Y me fui a Manzanillo, con ganas de hacerme marino, pero antes estuve a despedirme de Señor San José, porque yo era muy devoto, como todos ustedes. Le estuve rezando hasta muy noche, solos él y yo, hasta que me corrió el sacristán.

En Manzanillo me contraté en un carguero, el Cruz del Sur, por más señas. Para no alargarles el cuento, era yo el último de los pinches, el más pinche de todos los pinches que se hayan subido en un barco. Cuando pelaba papas, era día de fiesta porque había papas para comer... En las costas de Chile nos agarró un mal tiempo con tempestades de primer orden. Yo me la pasé embrocado sobre la borda, echando fuera hasta los hígados...
¿Y ustedes creen que Señor San José se acordó de mí? Síganle rezando y ya verán a la hora de la hora... Como ya no servía yo para nada, me dejaron en la costa. Si les digo cómo le hice para volver, sería el cuento de nunca acabar, estuve muriéndome de fiebres. Creo que nada más volví para arreglar cuentas con Señor San José. Lo cierto es que antes de ir a mi casa llegué primero a la Parroquia. Entré sin persignarme y con el sombrero puesto. Desde la puerta de enmedio, al comenzar la nave mayor, le grité: "¡José, entre tú y yo, cajón y flores! Ya no creo en ti, y ni falta que me hace..." Y me puse a trabajar. Ya ven ustedes, no me ha ido tan mal. Además, soy masón. Grado 33, para servir a ustedes.

Esto no quiere decir, señoras y señores, que yo, como presidente municipal, no esté dispuesto a colaborar con ustedes para que esta feria sea la mejor que ha habido en el pueblo, con permiso de José...

—¿Y nadie dijo nada?
—Nadie.

69

Ahora somos una ciudad civilizada: ya tenemos zona de tolerancia. Con caseta de policía y toda la cosa. Se acabaron los escándalos en el centro y junto a las familias decentes.

—Yo, cada vez que pasaba por Las Siete Naciones, le tapaba a mi hijo los ojos con el rebozo.

—Pero piense usted también en los demás, en las familias decentes que viven por allá. Nosotros aquí muy a gusto en nuestros barrios limpiecitos, y ellos con semejante vecindad.

—No en balde se estuvieron quejando y hasta hicieron una junta para que no les echaran allá la vida alegre, pero ya ve usted, perdieron y ni modo.

—Muchos se han ido de sus casas.

—Las han vendido a como dio lugar, perdieron el dinero y la querencia, con tal de no estar revueltos entre las priscapochas.

—La que salió ganando fue doña María la Matraca. Todas sus casitas quedaron en la zona.

—Ya desde antes tenía dos o tres alquiladas para el refocile, y dizque las adaptó para que le pagaran más renta.

—Dicen que alguien le dio el pitazo y estuvo compre y compre propiedades por todo ese rumbo.

—Hay quien asegura que todo el callejón de Lerdo es de ella y que no contenta con cobrar las rentitas, le está metiendo dinero al negocio.

—Válgame Dios, una mujer decente, que vivía de sus abejitas, y que ahora nadie la baja de madrota...

—Ella no tiene la culpa. Sus propiedades estaban allí desde un principio, y allí le cayeron las cuscas como llovidas del cielo...

—Hizo bien. Yo haría la misma cosa si estuviera en su lugar. Casitas que le daban ocho o diez pesos de renta, ahora no las baja de treinta y cincuenta. Le llovió en su milpita, como quien dice...

—Bueno, ya basta. Palo dado ni Dios lo quita. Lo malo es que haya habido tanto escándalo. A muchas tuvieron que sacarlas a fuerzas porque se les venció el plazo y no se fueron por la buena. Hubiera usted visto cómo trataron en el Laberinto a los policías y a las gentes del juzgado que fueron a un lanzamiento de pirujas; el que no salió arañado se quedó sin camisa, y ni modo, eran mujeres. A la Trafique la tuvieron que sacar entre cuatro y en peso para subirla al camión. A don Tiburcio le rompieron los lentes de un manotazo y de milagro no lo dejaron tuerto. Lo que les iban diciendo por el camino, del presidente municipal para abajo, es lo que nadie ha oído en toda su vida. Ya en el Municipio, armaron una grita de todos los diablos. Dicen que en castigo, a las más rebeldes se las echaron a los presos, para que las pusieran en paz, porque los policías no ajustaron. Buenó, eso dicen...

—Hojarascas, le están pegando a dar...

—Dicen que a la gente se le ha pasado la mano en las denuncias y que no contentas con señalar a las que de veras le hacen al áijale, algunas viejas quedadas se aprovecharon para echar de cabeza a más de una muchacha decente, diciendo que la habían visto entrar y salir de tal o cual casa colorada.

—Y pensar que todavía hay quienes critican al presidente municipal, siendo que ésta es una de las pocas cosas que tenemos que agradecerle: haber limpiado todo el pueblo de las casas de mala nota. Más vale tener un lugar de a tiro echado a la perdición, que no todas esas lacras desparramadas por el cuerpo de Zapotlán. Acuérdense nomás del Callejón del Diablo, ahora de San Ignacio, en el mero centro de la ciudad, casi a un lado de la Parroquia y a una cuadra del Palacio Municipal.

—Todos los médicos tuvimos que prestar nuestra colaboración, porque el compañero encargado del departamento no se daba abasto. Yo estuve yendo varios días a la Presidencia a echar una mano. Nunca me imaginé que hubiera tantas en Zapotlán, seguro porque nadie las ha visto juntas. Examiné como treinta y más de la mitad estaban enfermas; casi ninguna había pasado por manos de un médico y la cosa no les gustaba, fíjense, como que les daba vergüenza. Una se puso a llorar y no se dejaba introducir el dilatador, el pico de pato, como dicen ellas. Después se quedó muy triste y me miraba con rencor, como si yo le hubiera quitado los seis centavos. Cuando le entregué su tarjeta de registro, firmada y sellada, para qué es más que la verdad, sentí feo. Antes, era una aficionada y ejercía sin título. Ahora, gracias a mí, ya tiene uno y tal vez le sirva para toda la vida...

—A mí me cayó en las manos Concha de Fierro. ¿Han oído hablar de ella? Yo creía que eran mentiras, pero es la pura verdad. Lleva tres meses con Leonila y sigue virgen y mártir porque todos le hacen la lucha y no pueden. Es la principal atracción de la casa. Y claro que no pueden, porque se necesita operarla. Se enojó porque no le dimos su tarjeta, ¿habráse visto? Quedó libre y no quiso salirse de la cárcel hasta que vino Leonila por ella. Antes de irse me preguntó que cuánto le costaba la operación. Pero Leonila le dijo: "¿Estás loca? Ya quisiéramos todas haber empezado como tú. Ojalá y nunca halles quien te rompa para que sigas cobrando doble y acabes tu vida de señorita..."

—¡Ay Dios mío! Tan a gusto que vivía yo de mis abejitas, vendiendo la cera y la miel... Y ahora con todo este barullo traigo un panal de avispas en la cabeza. Pero ni modo. Yo le pregunté al señor Cura y él me dijo que no tenía yo la culpa, y que podía rentar mis casas a estas personas, porque era disposición municipal en bien de la población. Bueno, me aconsejó que mejor las vendiera, pero nadie les ha llegado al precio. Y luego, pues ni modo, me ofrecieron más renta si les hacía algunos arreglos, y se los estoy haciendo. Al cabo de todos modos da igual, si hacen lo que hacen, más vale que lo hagan con comodidad. El pecado es el mismo.

Yo les voy a decir la verdad, a mí no me gusta esto de la zona, porque es como darles rienda suelta a todos los vicios, como estar de acuerdo en que las cosas son así y no tienen remedio. Una ciudad con zona de tolerancia es como un cuerpo con un tumor muy grave y que puede ir creciendo aunque todo el cuerpo esté limpio. Antes, Zapotlán era como una cara con espinillas. Sí, señores, la prostitución es el cáncer de la sociedad, y nuestro pueblo se siente ahora muy contento con su gangrena, porque ya sabe dónde la tiene. El núcleo está en la calle de Lerdo y doña María la Matraca lo fortalece y lo ramifica por Guerrero y Morelos. ¿Muy bonito, no?

—A mí se me hace que todo esto del tumor y las espinillas sale sobrando. Lo que pasa, mi querido Marqués, es que a ti te gusta ir de día con las muchachas, porque de noche te da miedo, y ahora más. Todo aquello es un enjambre de briagos y de cuicos. Antes ibas por la calle, como quien no quiere la cosa. Entrabas a tomar la copa, y luego lo que sigue, entre doce y una. Es bueno para las espinillas. Y nadie se daba cuenta, porque güilas había por todas partes, con o sin cantina. Pero ahora, cada que agarres por Guerrero o bajes la Colorada, la gente te mira como diciéndote adónde vas: a poner el dedo en la llaga, a solazarte con el tumor de Zapotlán. ¡Ah, qué mi Marqués tan elegante..!

◆

—Vi al Perico Verduzco. Anda rete asustado. Fue el que bailó la última pieza con la Gallina sin Pico. Dice que estaba platicando con ella en la puerta del bule, allá donde ustedes saben, por el Callejón del Diablo. También estaban otras muchachas, risa y risa, ya ven, el Perico es muy hablador. Y en eso que ven una mariposa negra, así de grande. "A mí se me iba a parar primero, dice el Perico, pero me quité. Y se le va parando a la Gallina."

—¡Ándale Gallina, ya te llevó la chingada!

Las otras se metieron corriendo. La Gallina sin Pico se quedó

74

callada, muy seria, viendo la mariposa que se fue volando, porque ni la mataron. Luego dice el Perico que le dijo. "Vamos a bailar." Y allí nomás se le resbaló a media pieza. Todos creían que se estaba haciendo, para asustar a las otras muchachas, por lo de la mariposa. Pero no. Clavó el pico de deveras. "¿Y qué tal, dice el Perico Verduzco, si se me para la mariposa a mí?" Y allí anda que no sale del susto.

—No cabe duda de que el señor presidente municipal es un hombre progresista...

—A mí me da lo mismo: con tal de que las haya, no me importa dónde estén.

—Yo perdí mi casa. No me dieron por ella ni lo que valía el solar...

—¡Gracias a Dios que se acabó este espectáculo para mis hijos! Yo vivo frente al Callejón del Diablo...

—Lo que son las cosas, la Gallina sin Pico dijo que a ella primero la sacaban muerta, y ya ven, se le cumplió... la sacaron del callejón con las patas por delante.

—Pero si en todas las ciudades civilizadas hay zona de tolerancia... Hasta en Tamazula se nos adelantaron y nos pusieron el ejemplo.

—Con tal de que no tengan que cambiar todo el pueblo para allá, a la orilla de la laguna...

—Ahora, todo aquel que vaya por allí ya sabe a lo que va. Antes uno podía caer en la tentación, anduviera donde anduviera.

—¡Cuida tus pasos, pecador, que no vayan por el camino del mal!

—Ahora llego más pronto, voy más aprisa, casi corriendo... ¡El camino está de bajada..!

75

—En lugar del presidente, yo me las habría llevado al cerro para joder a este atajo de disolutos. Que echaran los bofes a la subida, y se desbarrancaran borrachos de vuelta de todas sus iniquidades y de todas sus fornicaciones...

—Ah qué usted, don Isaías...

—Miren, ya estuvo de plática. Mejor vámonos de una vez, todos en bola, a las colmenas de doña María la Matraca. ¡Ella es la reina y yo soy el zángano padre!

—¡Niña desvergonzada, aprende a andar bien vestida! ¡Mira cómo van las niñas decentes!

Y les pone enfrente una criaturita que trae de la mano, como de ocho años, muy pálida, con trenzas largas y que parece una muñeca de principios del siglo, vestida de luto. Se trata de un viudo extravagante que detiene a todas las chiquillas que encuentra para hablarles del infierno, del pudor y de la desvergüenza. Ya ha habido varias quejas. Su mujer se le murió cuando nació la niña. No quiso que la viera ningún médico.

—La mera verdad, yo no sé para qué mi mamá me dejó casar con todo lo delicada que es. Desde el día de la boda no hubo noche que nos dejara en paz, allí sentada en una silla en medio de las dos camas. De día, cuando aquél se iba a trabajar, me dejaba encerrada con llave cada que salía.

—¿Y cómo nació Filemón?

—Un día mi mamá olvidó la llave y aquél entró como de visita. Yo me hice la inocente pero después se me echó de ver y mi mamá ya no volvió a dejarme sola ni con llave. Hasta que

76

aquél se enfadó y se fue. Cuando nació Filemón le mandé recado, pero supe que andaba con otra. Más valía no haberme casado, así sin hombre como estoy. Esperé a que Filemón creciera y me puse a servir. Usted conoce a mi padre, no sé cómo aguantó. Vive con nosotros pero duerme en el corral desde que yo nací. Mi mamá nunca se lo perdonó y desde entonces duerme en el corral.

En la cocina, doña Jesús estaba echándole recaudo al caldo cuando empezaron a sonar las doce. Siempre le gustaba recogerse en una especie de meditación para contarlas: "...diez, once, doce... trece... ¡Ave María Purísima! ¡Urbano dio otra vez trece campanadas como el día de San Bartolo!"

En el campanario, Urbano estaba perdido y poco faltó para que diera catorce. Se colgó del gran badajo meciéndose en su borrachera, y fue resbalando las manos por la cuerda, gruesa como calabrote, y se durmió debajo de la campana mayor...

—¡Jaque al rey!

—Óigame don Epifanio, se me hace que está temblando...

—Yo le dije jaque. Usted muévase, y luego vemos si está temblando o no...

¿Quién empuja la puerta? ¿Quién golpea en todos los vidrios como una lluvia seca? Tengo vértigo... ¡Santo Dios! Está temblando, está temblando... ¡Está temblando! Santo Dios, Santo

Fuerte, Santo Inmortal... ¡Me lleva la chingada, está temblando! La campana mayor está de aquí para allá, de aquí para allá, ¡ya va a dar el golpe, ya va a dar el golpe! ¡Si la campana mayor se toca sola se acaba el mundo! Urbano se agarra de la cuerda y se levanta del suelo todavía borracho y atarantado, se cuelga del badajo vuelto loco del susto, allá arriba del campanario, y piensa que va volando por encima del pueblo, colgado de la cola del diablo... Glorifica mi alma al Señor y mi espíritu se llena de gozo... Las macetas de los patios bailan en sus columnas de barro y caen que no caen, los rodetes de humedad van quedando fuera de su lugar, las botellas chocan unas con otras en los anaqueles, los árboles del jardín y del parque se mueven sin viento, aúlla, oh puerta; clama, oh ciudad; disuelta estás tú, filistea... El agua chapotea en las pilas de los lavaderos y en las atarjeas del ganado, las olas de la laguna, unas vienen y otras van, las vacas doblan las rodillas y los perros y los gatos corren, aúllan de aquí para allá, nadie sabe qué hacer... Ya está pasando, ya está pasando... ¡Qué pasando ni qué pasando! Ahora tiembla más fuerte, de aquí para allá, de allá para acá... Tocan las trompetas, apréstase todo y las rodillas flaquean, en todos los rostros se ve la confusión porque he desencadenado mi ira contra la muchedumbre... ¡Jesucristo aplaca tu ira, tu justicia y tu rigor! ¡Ay Diosito me maté! A Layo se le tuercen los surcos de la labor, se le trenzan unos con otros... Allá está la tuza, ¡tírale, pendejo..! A Layo se le cae la escopeta de las manos y se dispara ella sola. La tuza se va corriendo y se mete en su agujero, antes de meterse voltea y le enseña los dientes. Pónganse todos debajo de la puerta, debajo de la puerta, dice un hombre idiotizado y solo a la entrada de su casa. Al contemplar la grandeza del Señor mi Salvador... Fulano de Tal se bajó de la bicicleta y anda extraviado en el jardín, dónde está mi casa, dónde está mi casa... ¡Arrodíllense, herejes! ¡Arrodíllense, malvados! Piensa en tu muerte, pecador, Zapotlán se hunde, Zapotlán se acaba... ¡Sálvanos, Señor San José, tú que todo lo puedes! Giran los tapiloles, los adobes se despegan, las tejas se desacomodan, en las paredes se abren las cuarteaduras... Envuelta en una sábana sale corriendo del baño, ¿dónde están mis hijos? ¿Muchachos, dónde están? La escuela se les cayó encima... están en el recreo, no, ya vienen por la calle, el temblor les agarró en la plaza y yo aquí corriendo envuelta en una sábana por la calle, perdóname Francisco, perdóname Dios mío, se me va a caer la sábana mejor me meto a la iglesia, me escondo en el confesionario... ¡No se salgan, coyones, yo pago las otras! Vamos niños, todos en coro, todos en coro... Dios te salve, María, llena eres de gracia... ¡ninguno se salga, el corredor se está cayendo, todos en coro, ruega por nosotros, los pecadores, ruega por nosotros. ¡Sálvese el que pueda! La recién parida que estaba sola en su cuarto se levantó como vaca degollada con su hijo en los brazos. Don Faustino no puede ni debe rezar y se vomita, se vomita como si dijera blasfemias, mareado como en las costas de Chile cuando lo dejó solo Señor San José, y ahora está más solo en este mar de piedras, de adobes y de ladrillos que se le vienen encima como un barco en la tempestad del temblor... Zapotlán está operando con pérdida, perdónale sus deudas como don Salva perdona ¡perdona madre! las deudas a sus deudores. Don Salva está hecho piedra detrás del mostrador y no se sale de su tienda, a lo mejor alguien se aprovecha y lo roba, allí está como el capitán del barco junto a la caja registradora, mirando a Chayo. Las muchachas se salieron a media calle con los brazos en cruz, solamente Chayo se quedó cerca de don Salva, rezando en voz baja con las manos juntas sobre el pecho, cerca de don Salva que está operando con pérdida, ¿por qué no la toma en sus brazos y le dice mañana me caso contigo antes de que Odilón se me adelante y te haga un muchacho? Yo perdóname Señor les hago el favor a todas las que se dejan, yo cumplí mi palabra y doy a la iglesia todo lo que puedo, a los pobres no, porque a lo mejor son unos sinvergüenzas... El señor Cura se arrodilló al pie del altar y allí está pasando el temblor y no vio a la mujer desnuda que se escondió en el confesionario para decirse sola sus pecados, perdóname Dios mío, una vez pensé agarrar la calle allá de muchacha antes de casarme a todas se nos ocurre... La callejuela del mal desborda todas sus Magdalenas arrepentidas... pero no te hagas ilusiones, mañana esperarán al primero que pase, no tienen bálsamos, no tienen ungüentos, están muertas de miedo, sólo tienen lociones, están muertas de miedo y no son peores que otras con familia y que también tienen miedo y se les revuelven los rezos, a mí se me agarró una de las piernas, sálvame papacito, sálvame, llévame de aquí, se me abrazó desgreñada y yo no me puedo mover, no vine aquí a hacer nada malo, sólo vine a cumplir con mi trabajo porque soy del juzgado y estaba embargando una pianola por falta de pago de impuestos, y ahora si me muero aquí qué va a decir mi mujer... Arca de la alianza, *turris eburnea,* ora por nosotros, la torre se bornea... Goce el puerto el navegante y la salud los enfermos... y en el cielo ostenta luego que nos quiere socorrer, once puercos navegando en el sagú de los enfermos y en el cielo está un talego que nos quiere socorrer... ¿A quién repeino, doña Dómine? A la luz Perpetua, doña Reyes... *Requiem aeternam dona ei, Domine, et lux perpetua luceat ei*... *Requiescat in pace*... ¿De quién es el cantinface? ¿De quién es el cantinface?

—Yo le dije jaque al rey, no se tape con el alfil, porque lo mato... Y los montes se desmoronarán y caerán las rocas y todos los muros se vendrán al suelo...

Fueron tres temblores seguidos, uno tras otro, del grado séptimo de la escala de Mercalli, acompañados de ruidos subterráneos, que nos tuvieron en pánico durante más de siete minutos. Como siempre, se botaron las agujas de todos los sismógrafos... Después del último sacudimiento, todo quedó extraordinariamente inmóvil, como si se pararan las cosas, silenciosas y atemorizadas. Los vientos dejaron de soplar y no se movió hoja alguna de los árboles. Los seres se habían abismado en la quietud, azorados y estupefactos.

Un grupo de vecinos, esa gente que siempre hace lo que debe hacer a la hora oportuna, se dirigieron como puestos de acuerdo a la Parroquia. Miraron con estupor las grietas que dejaban ver, en los muros, el desajuste de los grandes sillares bajo el enjarre, y en las bóvedas, las esferas rojizas de los cántaros que las han hecho resistentes y ligeras. Todo el suelo estaba llovido de tierra y de caliche. Sin decir palabra, se subieron al altar y bajaron la imagen de Señor San José en hombros a la plaza. Una gran multitud se les unió, entre lágrimas y gritos, y comenzó la procesión de amargura por todas las calles del pueblo.

Y yo, José, me eché a andar, pero casi no avanzaba entre aquel mar de gente. Y al elevar mis ojos al espacio, me pareció ver como si el aire estuviera estremecido de asombro. Y cuando fijé mi vista en el firmamento, lo encontré estático y los pájaros del cielo inmóviles. Y al dirigir la mirada hacia la tierra, vi un recipiente en el suelo y unos trabajadores del campo echados en actitud de comer, con sus manos en la vasija. Pero los que simulaban masticar, en realidad no masticaban, y los que parecían en actitud de tomar la comida, tampoco la sacaban del plato, y finalmente, los que parecían introducir los manjares en su boca, no lo hacían, sino que tenían sus rostros mirando hacia arriba. También vi unas reses que iban siendo arreadas, pero no daban paso, y el que las llevaba levantó su diestra y se quedó con la mano tendida en el aire. Y al pasar por un aguaje vi unos bueyes que ponían en el agua sus hocicos pero no bebían. En una palabra, todas las cosas fueron apartadas de su curso normal.

La procesión duró todo el día, bajo un cielo cenizo. Señor San José, bajo aquella luz de Viernes Santo, se veía pálido y desencajado, como todos nosotros. De los cerros y del llano se levantó lentamente la gran polvareda de la tierra conmovida. A todos se nos olvidó comer y andábamos con la boca seca, las tripas pegadas en el espinazo y el estómago devorado por el hambre.

Casi toda la población se quedó a dormir en las plazas y en las calles anchas, asistida por los sacerdotes, que se pasaron la noche confesando a Zapotlán.

—No, no, por favor. No mi vida, no por favor, te lo ruego. Déjame... Déjame. ¡Déjame, te estoy diciendo! No, por lo que más quieras. ¡Dios mío! Voy a gritar. Nos van a oír... nos van a ver. No, aquí no, no. Te digo que no. ¡No! No...

—Fíjense nomás, lo que nunca había pasado, tres temblores fuertes seguidos. Y dicen que no ha dejado de temblar. Yo creo que Señor San José nos está ensayando para el Juicio Final...

—Me acuso Padre de Todo. ¿Cómo que de Todo? Sí, de Todo, de todo... Yo no puedo absolverte así nomás de todo... Barájamela más despacio... Pues ái le va... Me acuso Padre de que me robé una peseta, me acuso de que le falto al respeto a mis mayores, de que soy mercader de peso falso y amigo del fraude, de que engaño a mi marido el ferrocarrilero cuando se va de corrida, de que me quedé con las tierras por menos de la mitad de lo que valían, de que recibo prendas, de que digo malas palabras, de que pagué testigos falsos, de que fui de la Junta Repartidora de Tierras... ¡Ay de los que juntan casa con casa y campo con campo hasta ocuparlo todo! De que le quité el marido a mi hermana, yo soy el hermano del muerto, ¿la mujer de quién? Yo soy el padre que perdió a su hija, ¿cómo es posible? ¿Tu hija? ¿Con tu hermano? ¿Con tu hermana? ¡Hijos de bruja, generación de adúltera y de prostituta! Incuban huevos de áspid y tejen telas de araña, y el que come los huevos muere, y si los rompe sale un basilisco. Yo con una, y con otra, yo con la que sea, yo con el que sea, yo con lo que sea... con un pomo de perfume, tuvieron que llamar al médico, son cinco plátanos, bueno el otro nos lo comemos, tengo malas inclinaciones, yo le robé la cobija, sí, lo maté a él y a uno de los hermanos, querían matarme a mí, falsifico las firmas, ésta es la primera vez que me confieso, tengo malos pensamientos, con una burra, con una mosca, me robo las guayabas, dije ojalá que se muera, digo muchas mentiras, no creo en la Divina Providencia, se me hace difícil, el cuento del Cura y del campanero, en la revolución yo lo denuncié, andaba con mi hermana, a cada lata de alcohol le sacamos un litro y se lo metemos de agua con alumbre, le echo tantita parafina a la cera, restiro mucho la manta cuando la mido con el metro, vendí carne con pipitilla, tengo mis balanzas arregladas, hay mucha competencia, le digo raca a mi hermano, más valía que me atara al cuello una piedra de molino, ¿por qué no me mató en el seno de mi madre, y hubiera sido ella mi sepulcro y yo preñez eterna de sus entrañas? No me gustan los hombres, no me gustan las mujeres, me gustan las mujeres, me gustan los hombres, ya nunca lo vuelvo a hacer, yo tuve perritos, yo ardí en lujuria por los que tienen miembro de burro y flujo seminal de garañones, no quise que naciera, yo le apreté el pescuecito, yo me quedé con lo de la viuda, yo me quedé con la viuda, poseí a la huérfana la noche misma en que velábamos a su padre, éramos compadres y cambiamos de comadre, no visito a los enfermos, no doy caridad, los pobres son unos holgazanes y unos sinvergüenzos, yo cobro por los certificados de defunción, para que no haya lío, ¡no hay quien clame por la justicia, nadie que juzgue con verdad! Cuando no hay chivo vendo birria de perro, yo le vendí el veneno, quiero que se muera mi mujer, yo hice un muñequito y lo traspasé con alfileres, yo le di agua de coco, yo me pongo diafragma porque se me hace muy difícil el calendario, no quiero tener más familia, dos o tres veces por semana, desde que estaba en la escuela, no se quiso casar conmigo, ya no podía volver a mi casa, no tengo con qué mantenerme, me quitaron la criatura, nos peleamos por lo de la herencia, ¡ay de los que piensan por la noche las maldades que habrán de ejecutar por la mañana! Yo lo que quiero es que me queme, yo no estaré en paz hasta que me rompan, ¡y que me mate si quiere con tal de que no me deje escapar..! Y se van en tropel a casa de las prostitutas, sementales bien gordos y lascivos, relinchan todos ante la mujer de su prójimo. En la Pastorela yo salí de Carne, jugamos a que yo soy el toro y ellas las vacas. Me acuso de que a cada moneda que pasa por mis manos le doy una limada y ya tengo más de un kilo de plata, de que soy una trampa de carne

84

para todos los espíritus que se me acercan... de que di un mate al rey con la dama sola sin apoyo, es un caso de conciencia, sin querer me fui metiendo en el negocio, lo gasto todo en alcohol, yo me emborracho los sábados, yo nomás el domingo, yo toda la semana, le pego a mi mujer, abría las cartas y las volvía a cerrar, yo le puse un anónimo, nomás le di un navajazo, yo solo me quemé la tienda, yo me declaré en quiebra, yo me robé a mí mismo, estoy arruinado, las gallinas se brincaban solas, el buey se devolvió por su paso a la querencia, yo nomás le abrí la puerta del corral y luego completé la yunta, yo le puse los cuernos, dan leche muy gorda en las secas y le tengo que poner tantita agua para adelgazarla a como debe ser, lo enterré en el corral de mi casa, les hablamos a los espíritus, yo tengo agujas marciales, cuando se murió me hallé el dinero en el colchón, queso descremado, mantequilla descremada, crema descremada, no le quise recibir su maíz porque se le dio muy malo, nos quedamos con unas cosas de la iglesia, cuando me salí del seminario, soy monaguillo y tomé de la limosna, yo también, soy el sacristán, trabajo en una tienda y diario tomo diez centavos del cajón, ¿quién se robó la peseta? Conciben maldades y paren crímenes, también yo te alzaré las faldas hasta taparte con ellas la cara y se verán tus vergüenzas. Él me dio la relación, yo escarbé y me quedé con todo, no se necesitaba operarla, pero de todos modos la operé, yo no quise que la operaran y me quedé con el remordimiento, no son de lana pura, ¿es menos pecado que ir con las mujeres? De que hago deshonestidades, me gusta que me vean, a mí me gusta ver, me asomo por un agujero, yo los oigo en la noche, no me duermo y los oigo, no, no me quiero casar con ella, creí que de veras la quería pero no la quiero, no sé cómo lo acepté por esposo, con mi mujer no puedo, con las otras sí, sabíamos que eran mal habidas pero de todos modos las compramos, los indios no sabían qué hacer con ellas, ni modo que se quedaran con toda la población, yo le dije que mandara el anónimo, yo no creo en las imágenes, la noche de bodas me acordé de que había hecho un voto de castidad, a la hora del temblor se me ocurrió que se murieran todos menos yo, mandé una manda y no la cumplí, yo recorrí la cerca del potrero, la fui echando para atrás, yo me quedé con todo el aguaje, esa casa era de nosotros, le tengo mucho amor al dinero, por mi culpa, por mi grandísima culpa se quedaron todos esos indios sin tierras, no supe lo que hice, no quería matarlo, pero lo maté para evitar males mayores, yo no pude descansar hasta que lo maté y no me acuerdo de más, estaba borracho pero me arrepiento de todo... Perjuran, mienten, matan, roban, adulteran, oprimen y las sangres se suceden a las sangres... Bueno Padre, ya le dije que me acuso de todo... ¿De todo? Me acuso Padre de que me robé una peseta...

♆

Como ya los sacerdotes llevaban veinticuatro horas sentados en el confesionario y el río daba vueltas y vueltas y los pecados eran siempre los mismos, el señor Cura decidió pronunciar un solo *Ego te absolvo* y conceder la absolución para todos los vecinos que a las nueve de la noche, al oír las tres campanadas que anuncian la bendición con el Santísimo, cayeran de rodillas haciendo un acto de contrición verdadera.

Sólo unos cuantos herejes se quedaron de pie donde nadie los viera, pero al más empedernido de todos, don Faustino, el presidente municipal que se habla de tú con Señor San José, a la hora de la hora se le doblaron las corvas y se fue de bruces al suelo: "¡Que se abra la tierra y que me trague! ¡Yo cargo con todas las culpas de este pueblo de rajones!"

La tierra no se lo tragó, y esa noche las gentes de Zapotlán, las buenas y las malas, durmieron con la conciencia tranquila.

♣

Uno de por allí: "A nosotros se nos quedó la fama, pero los meros meros están aquí. Por eso Dios los castiga tanto. Síganle dando, síganle dando... más de veinte terremotos en lo que va de historia, y acuérdense, en 1912 el Volcán de Fuego por poco los tapa de azufre y de ceniza..."

Y otro ángel le siguió, diciendo: "Ha caído, ha caído Babilonia, aquella grande ciudad, porque ella ha dado a beber a todas las naciones del vino del furor de su fornicación..."

❁

—¿Y qué me dice usted de los otros?
—Los tú me entiendes...
—Los del yo *no* sabía.
—Así era desde chiquito.
—A mí me daban miedo las mujeres.
—¡Ay Dios tú, a mí me dan asco! Fuchi.
—Cuando se te acaba el perfume, me tiras con el pomo...
—Los que se desgajaron como un cerro aparte el día de la maldición.
—El día del cataclismo, el día del terremoto original...
—¡Ay el temblor! ¡Ay el temblor!
—Pues mire usted, a mí me dan risa.
—A mí me dan lástima.
—A veces son muy buenas personas.
—Son buenos cocineros.
—Son buenas costureras.
—Son muy trabajadores.
—Deberían de caparlos.

—Ponerlos a todos a vender tamales en la plaza, con mandiles blancos manchados de mole.

—¡Ay, sí, de mole! ¡Ay, sí, manchados de mole..!

—Mire, mejor vamos hablando de otra cosa. Vamos dejándolos en su mundito aparte, ahogándose como ratas, agarrándose desesperados a un pasaje de San Agustín...

—¡Imagínate tú qué compromiso! Tener que salvar mi alma en este cuerpo tan grandote...

—En este cuerpo de hombre tan feo y tan grandote.

—¡Aquí en la cocina del infierno!

—Probando atole con el dedito...

—Probando atole con el dedote...

—¡Atizando el hornillo! ¡Meneando las ollas del diablo Calabrote!

—Pues mire, yo prefiero que sean así como Celso, maricas con ganas y de a deveras, como unos que vi en la frontera con la boca pintada y con la ceja sacada, y no como esos que parecen hombres y que andan por allí con la mirada perdida, mordiéndose los labios. No se les nota nada, si usted no se fija, pero la apariencia de sus rostros testifica contra ellos, como Sodoma publican su pecado. Se hacen señas unos a otros y se reconocen sin hablarse y quedan en verse quién sabe dónde.

—¿Las mánfulas? Ésas la mera verdad me divierten. Los que las han visto dicen que son muy ardientes y desesperadas. A mí me gustan tanto las mujeres que no les tomo a mal que se gusten unas a otras, se me hacen chistosas, y lo que es más, no lo creo. Son cuentos de la gente.

—Poco después del temblor yo iba para mi casa y me encontré con Juan Vites. Nunca me gusta verlo de cerca, ni cuando le doy limosna, ya ven cómo huele. Y además no tiene ninguna gracia. Pero se me atravesó en la banqueta como cerrándome el paso. Yo creo que también andaba asustado, pero a su modo. Traía una cara como siempre, risueña, y le brillaban mucho los ojos. Tuve que detenerme, saqué un centavo y se lo tendí con la punta de los dedos. Pero él no lo tomó, y sin dejar de mirarme y de reírse me dijo: "¿Vites cómo salió cierto?" Y esas palabras, que todos hemos oído tantas veces porque son las únicas que dice, me sonaron distinto, como si me las dijera un profeta o el mismo diablo. Tuve un mal presentimiento y me fui de prisa a mi casa. Por fortuna a nadie le había pasado nada, aparte del susto. Creo que a todas las gentes que se encontraron a Juan Vites el día del temblor les ha de haber pasado con él lo mismo que a mí.

Parece mentira, pero es la pura verdad. Después de un día de terror y de una noche de angustia, estamos ahora en un ambiente de verbena. Desde la segunda noche a la intemperie, no han faltado quienes lleven guitarras y flautas. Y en vez de dormir llenos de temor de Dios, hay gentes que beben, cantan y bailan hasta las altas horas. Más de un padre de familia se ha retirado a su casa, resuelto a que se le caiga encima, antes que exponer a sus hijos al mal ejemplo que han dado en el jardín dos o tres parejas indecorosas. ¡Habráse visto!

Por el rumbo del Panteón se cayeron algunas bardas viejas el día del temblor. Al pasar, alguien oyó bajo un montón de adobes unos lastimeros quejidos. Se puso a remover los escombros y halló el cadáver de un perro sarnoso, que ha sido en realidad la única víctima registrada del terremoto. Cosa curiosa, resultó que muchas otras gentes de por allí lo conocían, y le tenían cierto cariño porque estaba casi ciego y no se movía de su lugar, esperando la muerte al pie de la barda, donde había hecho un socavón, rascándose la sarna...

—Estaba el Padre Jesuita en el Santuario diciéndoles a las gentes después de la bendición que se fueran a dormir a sus casas tranquilamente, confiados en la Divina Providencia, y que ya no se quedaran frente al templo y a la intemperie, cuando a una beata que estaba dormitando se le cayó la llave de las manos. Una llave de esas así de grandes, que rebotó sobre el piso de mosaico con gran ruido. No lo pasan ustedes a creer, pero al Padre nomás le voló la sotana y se salió corriendo del templo. Todas las gentes se asustaron, porque el Padre había estado hablando del temor de Dios y del castigo que espera a los pecadores, pero no se movieron de su lugar. Luego volvió el Padre muy apenado.

—¿Ya ven cómo son todos ustedes? Hasta a mí me pusieron nervioso...

Las autoridades civiles y eclesiásticas han dado órdenes terminantes para impedir que las gentes dizque asustadas sigan durmiendo en calles y plazas. Varias mujeres de mala nota han sido arrestadas porque ¡válgame Dios!, alegando que su calle es muy estrecha se han desparramado de noche por toda la población, cometiendo gravísimos atentados en contra de la moral. ¡Ave María Purísima!

Por su parte, nuestros dos periódicos semanarios han sacado ediciones extras en que dan noticias de los males sufridos en toda la comarca, con precisiones de casas derrumbadas, muertos y heridos. Aquí la protección de Señor San José ha sido evidente, pues sólo sufrimos daños materiales, que aunque graves a veces, son siempre remediables. La Parroquia es el edificio que más sufrió, pero las obras de reparación se llevan a cabo con gran prisa, y el gremio de albañiles ha dado prueba de su acendrada religiosidad, trabajando de manera entusiasta y desinteresada. Los materiales necesarios han sido proporcionados gratuitamente por los señores comerciantes y agricultores, así que el señor Cura no ha tenido que disponer, como en un principio se creyó, de los fondos que se están reuniendo para la Función. Cabe decir que la fe de Zapotlán, en lo que se refiere a las aportaciones en efectivo, es verdaderamente extraordinaria. Todos han llenado sus alcancías antes del plazo fijado para la primera serie, y han pedido las siguientes... Aunque en un principio se habló de muertos en la localidad, no hubo más que unos cuantos golpeados, que recibieron atención médica inmediata. Se han estado publicando también el texto de los Juramentos que nuestros antepasados hicieron en 1747 y en 1806, así como la carta del Padre Núñez, que es la descripción más impresionante del gran terremoto, a fin de edificar el ánimo de los vecinos y apartarlos de todos esos lamentables desórdenes que se han venido observando después del castigo divino. Se habla de que este año debería hacerse una revalidación del Juramento. Pero la mera verdad, si seguimos así, no tenemos derecho a hablar con la misma voz de nuestros abuelos para repetir sus ejemplares palabras...

En el pueblo de Zapotlán el Grande, en veinte y ocho días del mes de marzo de mil ochocientos seis; Ante mí Don Diego de Zárate, Subdelegado provisional de esta jurisdicción por el Muy Ilustre Señor Presidente, Gobernador e Intendente y Comandante General de este Reino de la Nueva Galicia *etcaetera*... parecieron presentes: el Señor Doctor Don Alejo de la Cueva, Párroco actual de esta feligresía, sus vicarios... y los supernumerarios eclesiásticos... en consorcio de los vecinos... y los actuales alcaldes de la Reducción de este pueblo, por sí y en común con su escribano de República José Carrillo, quien suscribirá por ellos, en sus personas que doy fe conozco, dijeron: Que habiendo experimentado el día veinte y cinco del corriente el rigor de la Divina Justicia, con el formidable temblor de tierra que acaeció a las cuatro y media de la tarde de dicho día, en que perecieron casi dos mil almas bajo la total ruina del templo, con otros muchos que resultaron malheridos, estando las gentes congregadas oyendo la Santa Misión que actual hacen los Reverendos Padres de la Santa Cruz de Querétaro... a tiempo que predicaba o explicaba la doctrina el Reverendo Padre Núñez, que por prescripción divina libertó entre ruinas, destruidas todas las capillas o Templos, hasta el extremo de haber carecido dos días del espiritual consuelo del Santo Sacrificio de la Misa, que hoy se ha celebrado en una enramada en esta Plaza, donde se hallan rancheados, por destruidas o inhabitables todas las casas, haciendo conmemoración de igual acaecimiento que experimentaron sus ascendientes el día veinte y dos de octubre del año de mil setecientos cuarenta y siete del vencido próximo siglo...

—Hombres malhechores, mentirosos, adúlteros, rebeldes, impíos, injustos, odiosos, traidores, insidiosos, blasfemos, abominables, falsos profetas, ateos, esquivos, enemigos de vuestros propios hijos, conculcadores de la cruz, codiciosos del mal, desobedientes, charlatanes, enemigos de la luz y amantes de las tinieblas; vosotros que decís: Amamos a Cristo pero deshonramos al prójimo y devoramos a los pobres. ¡De cuántas cosas se arrepentirán el Día del Juicio los que obran tales maldades! ¿Cómo no se ha de abrir la tierra y os va a devorar vivos? Porque ejecutan las obras del Diablo, heredarán la condenación juntamente con Satanás...

—Ah qué usted, don Isaías.

El 25 de éste, hallándome en el púlpito de esta Parroquia a las cuatro tres cuartos de la tarde, se experimentó un temblor tan furioso que puso todo el auditorio en movimiento. Se compondría éste de más de tres mil almas. Exclamé rogándoles no se precipitaran, receloso de que la misma confusión les impediría la salida, como sucedió. Pues repitiendo inmediatamente con mayor fuerza, y conocido por mí el peligro, eché la absolución al auditorio, la cual apenas concluí, cuando vi desplomarse y caer sobre más de quinientas almas que oprimidas unas con otras solicitaban la salida por la puerta principal, la bóveda primera con la portada y coro. En este estado eché la segunda absolución, y poniendo el pie en el primer escalón para bajar del púlpito, la repetición del temblor, que fue casi sin interrupción, me arrojó bajo la media naranja, donde oprimido de la gente, que unos pasaban sobre mí, otros asidos a mí mismo, con mil trabajos y ayudado de un pobrecito hombre pude levantarme, y pasando el crucero de Señor San José, apenas entré en él cuando se desplomó la media naranja o cimborio, de modo que mi vida estribó en que de ocho bóvedas y el cimborio que tenía la iglesia, sólo la de Señor San José hubiera quedado sin caer. Salí sin otra lesión que una descompostura en un pie, de la que estoy bueno, aunque muy adolorido del pecho, que juzgo provenga de los apretones y mucha cal que tragamos, lo tengo aún muy sofocado: el corazón se me inquieta por instantes, causándome un trastorno total interior y mucha frialdad exterior de las extremidades...

— JM

...y que por esto otorgaron con juramento formal escritura, para solemnizar anualmente al Santísimo Patriarca Señor San José, que eligieron por su patrono, por cuya intercesión que imploraron, aplacó al Todo Poderoso su justa ira, se han convenido pues todos, y cada uno de por sí e *in solidum*, en otorgar como desde luego otorgan por la presente escritura, en la mejor forma que haya lugar en Derecho, que reproducen, ratifican y de nuevo revalidan el antiguo juramento de sus mayores, obligándose todos los comparecientes, a sí y a sus sucesores, al cumplimiento de su promesa y voto... sin que se consientan otras superfluidades, como convites, banquetes, corridas de Toros, *etcaetera*, que tal vez ocasionan muchos pecados, origen del castigo que han sufrido...

∭

—Estamos operando con pérdida.
  —¿De veras, don Salva?
  —Sí. Pero más vale operar con pérdida que dejar de operar...

Don Salva ponía una cara de mártir, como si cada cliente fuera a saquearle la tienda. Sus manos pulidas de tanto sobar las telas, acariciaban en ese momento una pieza de céfiro con listas azules.

—Búsquelo en todas partes. Sólo nosotros lo tenemos en plaza. Es un céfiro inglés, del de antes, del que ya no se ve...

Por fin don Salva vendió sus dos metros y medio de céfiro. Se puso el sombrero, para ir a la junta. Le echó una última mirada a la caja registradora. "Qué días tan malos", pensó.

—A ver, María Luisa, ¿por qué no le dan entre usted y Jovita una arreglada a la bodega de atrás? Van a llegar los pedidos de La Carolina y de La Ciudad de México, y no vamos a poder acomodar tanta cosa. Usted, Chayo, quédese en el mostrador, por si hay gente.

Chayo sacó el muestrario de las madejas de artisela, y se puso a revisar los colores.

—Don Salvador, sería bueno pedir más artisela. Hacen falta ya casi todos los verdes matizados...

Don Salva miró de perfil a la empleada, desde la caja registradora. Chayo parecía así más bonita, en la luz de la tarde.

—Chayo, ¿es cierto que se va usted a casar con Odilón?

—Mentiras. Yo me voy a hacer vieja en su tienda, don Salva...

Don Salva sintió que pasaban de pronto muchos años. Ya no estaban de modas las luisinas, la tela de fierro y el chermés. La tienda se iba haciendo cada vez más grande, y él, con el pelo completamente blanco, veía a Chayo. Una Chayo borrosa y desteñida, peinada de chongo, que seguía ordenando madejas en el muestrario: "Don Salvador, sería bueno pedir más artisela..."

—Bueno, aquí le encargo la tienda. Me voy a la junta.

—Lleve usted un paraguas, parece que va a llover.

Don Salva salió de prisa, dejando su tienda como un campo

abierto al enemigo. "Con tal de que no fuera hija de don Fidencio el cerero, con tal de que no anduviera de novia de Odilón", pensaba don Salva apretando el puño de su paraguas. Luego dijo casi en voz alta: "Estoy operando con pérdida."

∿

Gracias te doy gran Señor
y alabo tu gran poder,
porque con alma en el cuerpo
me dejaste amanecer.

Terminamos la segunda, y con ella la labor. Hoy fue el día de fiesta del acabo. Desde muy temprano, los mozos se dedican a engalanar las yuntas bajo la dirección del mayordomo. Sobre los yugos forman grandes arcos de carrizo verde con todo y hojas y los llenan de banderitas de papel, de pañuelos de colores, de plumas y de espejos. A pesar de que la labor es pequeña, la fiesta acabó en grande. Al principio llevé lo indispensable, unas docenas de cohetes, cámaras, botellas de ponche y una música de mariachi.

En el momento en que una yunta adornada acabó simbólicamente la última vuelta de la segunda, Florentino el mayordomo tiró al suelo su sombrero, con la copa para arriba. Todos los mozos y los invitados de las labores vecinas hicieron lo mismo, trazando una cruz con los sombreros, del tamaño de la concurrencia: esto les da derecho de asistir al festejo. Arrodillados en torno de la cruz rezamos varias oraciones y luego ellos cantaron a coro, en acción de gracias, los famosos versos del Alabado.

...Con San Bautista se encuentra
y de esta manera le habla:

¿qué no has visto tú pasar
al hijo de mis entrañas?

—Por aquí pasó Señora
tres horas antes del alba,
cinco mil azotes lleva
en sus sagradas espaldas,
una túnica morada
y una soga en su garganta.

—La virgen oyendo esto
cayó en tierra desmayada,
San Juan como buen sobrino
luego acudió a levantarla.

—Levántate Señora tía
que ya es hora de tardanza.
Caminemos, caminemos
hasta llegar al Calvario...

Suben los cohetes y estallan sobre el cielo campestre. Todos gritan vivas al patrón para alentar su esplendidez, y como en este caso el patrón era yo, decidí aumentar hasta donde fuera necesario los alcances de la fiesta... Como mi compadre Sabás me prestó su casa de campo para el convite, nos vinimos a ella todos a pie, entre los dichos y chanzas de los mozos, alentados por la música y las canciones.

Ven mujer junto a la pila
a cantar una canción,
unas copas de tequila
han hecho mi inspiración...

—Chíngale ora mas que mañana no vengas.

—Te callas pulque o te doy un trago.

—Mi padre era hombre, vendía tamales.

—Todavía ni te horcan y tú ya te estás encuerando.

—¡Sacudió el pico y siguió cantando...!

En la casa de campo ya nos esperaban los amigos y las familias de los mozos. Al ver el gentío hice de tripas corazón y mandé a la plaza para que los vendedores se vinieran con sus cajones de birria y sus bateas de chicharrones, porque todo lo que yo tenía previsto no ajustaba ni para empezar. Si a esto agrego los chiquihuites de tortillas, las dos barricas de ponche, los paquetes de cigarros y todo el día de mariachi, resulta que los asistentes tienen razón: hacía mucho que no se veía en Zapotlán un acabo como el mío.

También estuvieron como invitados los mozos de Tiachepa, que todavía no acaban ni la escarda. Les hicieron muchas bromas, como si ellos tuvieran la culpa, pero al fin y al cabo comieron y se emborracharon a más y mejor, como que presienten que en aquella labor no habrá fiestas, acabos ni convites...

Se me quedó grabado un dicho que le oí decir a uno de los mozos, a propósito de mí. Sin ver que yo estaba cerca, dijo que el patrón "era como el gallo de tía Petoraca, sin cola, pero cantador..."

—Dicen que Dios no les da alas a los alacranes, pero mire, allí va uno de flor en flor, volando como una chuparrosa...

—Ellas tienen la culpa. Yo la mera verdad no entiendo a las mujeres: en vez de darles miedo, les gusta que se les pare por enfrente. No hay como tener fama.

—Deje usted lo de la fama. Lo que tiene son centavos, es joven y bien plantado. Yo creo que ni siquiera les dice mayor cosa, ya ve, no es muy decidor que digamos. Lo que sabe es agarrarlas a sus horas, para no perder el tiempo. Ya ve usted lo que les hizo a los Hurtado, después de un día de campo. Muy acomedido, se ofreció a llevarlos a su casa, y cuando todos se habían bajado, menos la hija mayor, arrancó la camioneta y se la quitó en sus meras narices. Dicen que ella estaba de acuerdo y que por eso no se bajó, vaya usted a saber...

Allí está otra vez don Salva caído en el insomnio, como sapo en lo profundo de un pozo, golpeándose la cabeza en su almohada de piedra, casándose y descasándose, enviudando y volviéndose a casar con todas las muchachas de Zapotlán, con las de ahora y con las que conoció hace mucho, poniéndoles miles de defectos a unas y a otras, quedándose definitivamente solo en su noche de soltero empedernido, deshojando la inmensa margarita de los enamorados infieles, con ésta sí, con ésta no, con ésta tampoco, con aquélla Dios me libre, como si las tuviera a su entera disposición, porque saben que es rico y bien parecido... Todas se le entregan y se le desvanecen, pero Chayo se le resiste a las tres de la mañana, y el sultán solitario se duerme pensando en ella, allí en su cama angosta con perillas de latón: "Mañana mismo le voy a decir que se case conmigo..."

—Ese noviazgo no me gusta, la mera verdad, cada oveja con su pareja. Odilón tiene que casarse con una rica, y eso de que ande con una pobre me da muy mala espina. Chayo es muy guapa, de buen semblante y muy acuerpadita, nadie lo niega, pero yo también fui guapa ¿y de qué me sirvió? Traje de cabeza a don Abigail, allá cuando éramos jóvenes. Pero a la hora de la hora, me dijo que antes de casarnos le diera una prueba de amor, en un día de campo.

—¿Y tú se la diste?

—¿Pues qué no estás viendo en lo que vine a parar? Mi vida estuvo como el tamal de tía Cleta, que se acabó a probadas...

> Bien recuerdo el paraje
> donde me burló el infame,
> a la orilla de un aguaje
> y al pie de un verde tepame...

Muy buena idea la de don Alfonso: nuestro Ateneo, que tan grato pasatiempo nos proporciona la noche del jueves de cada semana, es un islote incomunicado en este archipiélago del sur de Jalisco. No sabemos nada de aquellos que tan cerca de nosotros cultivan las letras en sus rincones de provincia. Apenas si de vez en cuando algún periódico local nos da muestras de esos ingenios escondidos.

Pues bien, de ahora en adelante, ya que la idea de don Alfonso fue aprobada por unanimidad, recibiremos la visita, por lo menos cada quince días, de algún poeta o escritor de la región. Cada uno de nosotros se turnará para dar alojamiento por una noche a tan distinguidos huéspedes, y los gastos de viaje, que no montan gran cosa, los pagaremos entre todos.

Este intercambio cultural será indudablemente valioso y promoverá amistades fructíferas. Siempre recordamos con afecto la visita de un notable poeta de Tamazula, recientemente fallecido, que por mera casualidad asistió a una de nuestras sesiones.

100

Yo le pedí copia de un soneto, que conservo autógrafo como preciado recuerdo:

Al pie de una escarpada azul montaña,
yace Tlamazolán, la hermosa villa...

Julio 10
Me la encontré en una ventana. Tuve sus ojos tan cerca de los míos que sentí su mirada como un golpe.
Tiene los ojos grandes, claros, y el color de su cara es trigueño.
Los cabellos le cubren los hombros. Es esbelta. Alta y delgada. Tendrá quince años cuando mucho.

Julio 11
La casa sólo tiene una ventana. Creo que da a la sala. Allí no hay luz. La puerta de la sala da al patio y coincide con la ventana a través de la cual observo. Estoy en la acera de enfrente, y miro al fondo de la casa. Detrás de la sala oscura, hay luz en el patio. Allí está ella leyendo. Sólo veo sus cabellos. La línea de su frente se recorta sobre la página blanca. La calle es sombría. El cuadrito luminoso que veo a través de la ventana me llena de felicidad. Me gusta verla leyendo. También quisiera que volteara. No sabe que estoy allí, enfrente de su casa. ¿Por qué no voltea? Sus cabellos le cubren la espalda. La luz los enciende, matizándolos. De pronto, el cuadro desaparece. Es la madre que se ha dado cuenta de mi asedio y cierra la ventana.

Julio 12

Como todos los enamorados, vivo en la incertidumbre. Sé de ella muy pocas cosas, y sin embargo ya me he hecho muchas ilusiones. A la hora que compare la realidad con lo que sueño puede ocurrirme un desastre.

Julio 13

Lo que más parece ella es una flor. Una flor clara y alta sobre su tallo. Parece que no durará mucho tiempo, como los lirios de la laguna. Me asombro de verla al día siguiente lo mismo de hermosa.

Julio 14

Hoy declaré mi amor a... (se me olvidó preguntarle el nombre) y tengo una impresión muy rara. Buena desde luego. Me parece una muchacha excelente. Estudia, me lo dijo como pretexto para no corresponderme. Vive sola con su mamá. Imposible vernos. Es de Colima. Amigos sí. Seremos amigos. ¿Novios? El domingo me resolverá si la busco en el jardín.

Noté que se ponía nerviosa. Eso me gusta. No hallo qué pensar. El domingo próximo. ¿Y entre tanto? Soñar. Estudia. Me parece interesante. Pero muy seria. Demasiado seria.

Julio 15

Tengo remordimientos. He disfrutado un día feliz, sin merecerlo.

Hasta la he visto a ella.

A ella, pura, con mis ojos impuros. Debía estar alegre, pero... Pero una tristeza opaca mi felicidad y la oscurece. Ella volteó varias veces a lo largo de la calle. ¡Cómo quisiera entonces no haber hecho lo que hice!

El mal hábito retorna a veces y me destroza un día. Quizás tuve un sueño, un sueño que he olvidado, y que me hizo dar esta caída...

Julio 16

Ahora ya no la he visto. Tal vez se fue a Colima. Cuando pasé hoy por la tarde frente a la Academia de Costura, sus compañeras me miraron con mucha curiosidad. Cuando vuelva, tengo la esperanza de que seré correspondido. Su recuerdo vaga ante mis ojos. A ella dedico mis más puros pensamientos.

—Con perdón de Dios, yo les hago el favor a todas las que se dejan. Sin ir más lejos, a esa que está ahora en casa de Leonila. ¿La conoces? Esa que todos se pelean por ella, imagínatela hace tres años, a los quince. Se creía la divina envuelta en huevo y yo le quité el orgullo del zalate...

—La mera verdad, contigo no se puede decir, y párale de contar. Con perdón tuyo, eres un burro manadero...

Ante el elogio, Odilón inclinó la cabeza, avergonzado y satisfecho. Se quedó mirando la copa de tequila, como viéndose en ella, y luego se la bebió de un solo trago.

Julio 18

Como no he vuelto a hablar con ella, no sé como se llama.
¿Cómo le pondré? Primero pensaba: Alicia. Y luego pensé:
Alís. Porque ella se me figura una flor de lis. Y me acuerdo,
hace tres años yo leía "La flor de lis" en mi libro de lectura. Estaba en la escuela. "Un niño deseaba ardientemente la flor de
lis que se abría en medio de la acequia." Imagino la flor, azul y
alta sobre su tallo. Se copia en el agua inmóvil y su color se
confunde con el cielo reflejado. Un viento la hace balancearse
suavemente... ¿De lis? ¡De iris!

Por cierto que el niño que quería cortar la flor de iris se cayó
en el agua de la acequia.

—No es por presumir, porque se me hace que nadie debe sen-
tirse muy ancha por eso, pero a mí Odilón me hizo mucho la
lucha. Hace como dos o tres meses diario pasaba por mi casa y
raspaba el caballo frente a la ventana. Pero yo ni una vez me
asomé. Dicen que tiene una novia en cada pueblo, con eso de
que siempre anda de aquí para allá. En San Gabriel se acaba
de robar una muchacha y los hermanos lo tienen amenazado de
muerte si vuelve por allá. Y luego, dicen también que ya debe
varias vidas...

—Pero es muy guapo.

—Peor tantito. ¿Imaginas lo que va a sufrir la que se case
con él?

—Mira, hija, tú eres una muchacha seria y hasta ahora a tu madre y a mí no nos has dado más que satisfacciones. Eres la ma-

yor, y el ejemplo de tus hermanas. Yo no quise que trabajaras, y si lo haces es por tu gusto, todos te lo agradecemos porque es una ayuda para esta casa, donde faltan brazos. Ya ves, Dios quiso que ustedes fueran mujeres, y yo no tengo más oficial que el Mudo, porque las velas de cera ya no se venden como antes. Me tienes muy preocupado con esa amistad. A lo mejor lo que te hace esperar que vas a casarte con Odilón, es el deseo de salirte de esta casa donde no ves más que necesidades. Tal vez quieras tener más cosas de las que yo puedo darte, porque hasta lo que ganas, muchas veces no puedes gastarlo en tu ropa sino en la de tus hermanas. ¿Por qué no te fijas mejor en otro muchacho? Eres bonita y eso debe hacerte todavía más humilde. Parece que este año quieren que tú salgas de reina. Yo no me opongo, pero me gustaría más que salieras de Virgen en las andas, como el año pasado en el Taller de Nazaret. Las gentes decían que eras el vivo retrato de la Madre de Dios. Encomiéndate a ella, y que ella te dé su consejo. Al fin, eso es lo que eres y lo que yo quiero que sigas siendo, una buena Hija de María...

He aquí el resultado de nuestra primera experiencia de intercambio cultural. Como teníamos el deseo de conocer a uno de los más afamados escritores de estos rumbos, invitamos a Palinuro, que publica en Guadalajara lo más granado de su producción poética. Él accedió gentilmente, y nos sentimos felices de inaugurar la serie de visitas con tan bien cortada pluma.

Es normal que en las sesiones del Ateneo no se consuman bebidas espirituosas, salvo en muy contadas y significativas ocasiones. Siempre nos reunimos después de cenar para evitarle al anfitrión un gasto excesivo, ya que el Ateneo Tzaputlatena no tiene sede propia ni recibe cuotas fijas de sus socios.

La reunión fue en casa de don Alfonso, y nada le pareció mejor ni más adecuado que ofrecer una copa en honor del poeta.

Todos la aceptamos con gusto. Palinuro vació la suya de un golpe, a la salud de todos. Inmediatamente después propuso un brindis personal con cada uno de nosotros, para sellar la amistad. Su justa y bien ganada fama congregó en masa al Ateneo, con una asistencia récord de dieciocho personas. Así es que antes de empezar la sesión propiamente dicha, nuestro hombre tenía ya veinte copas de coñac entre pecho y espalda. A todos nos colmó de elogios, diciendo que éramos injustamente desconocidos, pero que muy pronto él se encargaría de propalar nuestros méritos. Se refirió a Zapotlán como a la Atenas de Jalisco, pero sus mejores alabanzas fueron dirigidas a nuestra hospitalidad, y a la marca de coñac que le ofrecimos. Hubo que traer otra botella.

El resto de la velada fue más bien melancólico. Después de un breve periodo de entusiasmo y euforia, Palinuro cayó en una somnolencia profunda, como el piloto de la Eneida, y se quedó dormido con sus hojas de papel en la mano. Poco después se deslizó suavemente desde la silla hasta el suelo, y no pudo leernos sus poemas.

Al día siguiente, nos costó trabajo hacerlo tomar a tiempo el tren de Guadalajara.

Julio 28

Se llama María Helena y ya volvió de Colima, adonde un día tendrá que irse para siempre. Seguimos siendo amigos y nos veremos una vez cada ocho días. Me dijo claramente que no se hacía mi novia porque eso era una perdedera de tiempo y ella tenía que estudiar. Hablamos más que otras veces. Yo no tuve más remedio que decirle que tampoco quería perder el tiempo.

De tal modo, sólo seremos amigos. De la amistad, le dije, puede salir el amor. "Ojalá no salga pronto", me dijo ella.

Como no podía meterse a la tienda con todo y caballo, ni tenía ganas de bajarse, Odilón, medio bebido, gritó desde la banqueta frente a la tienda de don Salva:

—Te vengo a decir que me voy...

Chayo, roja y avergonzada, se quedó como si no oyera, dándole vueltas a una bola de estambre.

—No te pongas así. Me voy pero vuelvo. Dime adiós, pero con gusto, para que me acuerde mucho de ti...

—Yo no sé dónde tiene la cabeza Chayo. Una muchacha tan decente, Hija de María y haciéndole caso a Odilón. Una de dos, o la deja colgada, o le quita los seis centavos, y si es que no se los ha quitado ya...

—¿Y qué tal si se casa con ella?

—Qué casarse ni qué ojo de hacha. Él tiene una novia formal en Guadalajara, y aquí y en otros pueblos nomás anda buscando muchachas que le hagan el áijale. Dicen que se mete con las criadas de su casa y hasta con las hijas de sus mozos. A todas les dice que va a casarse con ellas. ¿Y pasa usted a creer que todas estas ignorantes se tragan el paquete? Y allí se quedan, como burras enquelitadas, esperando que vaya a pedirlas...

Cuando ya don Fidencio cerraba su tienda, entró una mujer que se puso a examinar debidamente las velas de cera. Había de todos tamaños, unas delgadas como lápices y otras gruesas como barras de albañil. La mujer iba de unas a otras, tentaba y soltaba las de a diez, las de a veinte y las de a cincuenta centavos. Don Fidencio perdía la paciencia, pero estaba acostumbrado a perderla. En sus manos sonaban las llaves. Ya había cerrado una puerta. El reloj de la Parroquia dio las nueve, pero a él ya se las habían dado desde antes en el estómago:

—¿Cuál de todas se va a llevar?

La mujer tenía en una mano cinco velas de a diez y una de a cincuenta en la otra, con aire calculador: —¿Pesan lo mismo?

Don Fidencio tomó las velas y las puso en los platillos de la balanza. Pesaron igual. La compradora volvió a tomar la vela de a cincuenta y le clavó la uña sucia del dedo gordo.

—¿Son de cera líquida?

Don Fidencio alzó los ojos al cielo en una oración enfurecida: "Señor, hace treinta años que hago todas las velas de cera que se prenden en el pueblo. Las velas de los muertos, las de primera comunión y los cirios pascuales. Uso con permiso del señor Cura el sello del curato, como una garantía. Y las gentes vienen a preguntarme: ¿Son de cera líquida? Y les clavan las uñas..."

Porque las velas de cera se calan con la uña. Si uno siente como que la uña se atrapa al clavarla, son de cera líquida. Cuando hay parafina, la uña se resbala. Calar las velas de don Fidencio es un sacrilegio. Todas las noches, antes de cerrar, el cerero borra con los dedos las ofensivas huellas de desconfianza.

La mujer abandonó las velas chicas y puso los ojos y las manos en los velones de a dos pesos.

—¿Son las más grandes que tiene?

—Su boca es medida, señora. Si las quiere más grandes, yo se las hago del tamaño de un poste. Si se le hacen chicas las de a dos pesos, puedo hacerle una de a doscientos...

108

—¿De veras puede hacer una vela de a doscientos pesos?

—Sí hombre, cómo no, para que usted alumbre con ella toda la Parroquia...

Los ojos de la mujer se iluminaron de pronto, como si ya estuviera ante semejante espectáculo. Se sintió avergonzada por la velita de a veinte centavos que iba a llevar y se decidió por una más grande.

—Voy a llevar una de a cincuenta. Déjeme escoger...

—Todas son iguales, señora, todas son iguales.

—Sí, pero hay unas que están muy manoseadas. Deme ésta que está más limpiecita... no, mejor esta otra. A ver, déjeme ver...

Don Fidencio hizo un acopio final de paciencia, como el que hacía todas las noches en la mesa de su casa, esperando que le sirvieran el chocolate en agua. Tomó la vela elegida y la envolvió por el medio con un pedacito de papel esquinado y detuvo la punta suelta con un pellizco de cera campeche. La mujer pagó y se fue con su vela en la mano. Pero poco más allá de la puerta se devolvió a preguntar muy resuelta:

—¿De veras puede usted hacerme una vela de a doscientos pesos? Dígame, ¿dará más resplandor que doscientas de a peso?

Por toda respuesta, don Fidencio apagó la luz de su establecimiento.

Uno de nuestros reporteros encontró por la calle 15 de Mayo a cinco individuos en fuerza de carrera, tanto que si no se saca, le dan también su caballazo. A una cuadra de distancia encontró a cinco o seis gendarmes, pero como éstos echaban balazos a diestra y siniestra, nuestro reportero tuvo, como es muy natural, que esconderse en el templo de la Merced, porque dice que la vida no retoña.

Ya que pasó el peligro, al menos para él, salió a la calle y ve que los reos escaparon, unos por la calle de Cuauhtémoc, rumbo al sur, otros rumbo al norte, y otros siguieron de frente, atravesando la casa del Caballito. Cuando ya no pudo nuestro reportero ver el movimiento, se encaramó en el campanario de la Merced, y de allí vio que uno de los reos que iba ya en el cerro, cayó en tierra en el momento en que se oyeron detonaciones de armas; pero se levantó en seguida y siguió su camino, por lo que se cree que uno de los prófugos va herido. Hay quien asegura que fue Francisco Vegines.

Otro de nuestros reporteros encontró por Colón a dos de los prófugos, que paso a paso siguieron su camino sin que nadie se atreviese a molestarlos.

—"¡Aquí es Colima, aunque no haya cocos!" Así me dijo y me bajó del tren. Yo no sé por qué, pero siempre tuve ganas de ir a Colima, me gustan mucho las huertas. "Si me llevas a Colima, me caso contigo", le dije a Filiberto. Y él me prometió llevarme allá al viaje de bodas, pero no llegamos más que a Tuxpan, tan cerquita de aquí. Y allí pasamos la luna de miel. Y de nada me habría servido que fuera en Colima, porque en ocho días no salimos para nada. Comíamos en el cuarto. Ahora, ya de viuda, ¿qué voy a hacer vieja y sola en Colima? Nomás iría a acordarme de Filiberto.

Como la segunda sesión de intercambio cultural debía desarrollarse en mi casa, tomé algunas precauciones. El invitado fue un historiador de Sayula, hombre de edad y de costumbres morigeradas, que se pasa la vida investigando en soledad los archivos regionales. Es una persona respetable y goza de cierto prestigio en virtud de que ha descubierto y publicado diversos documentos acerca de las fundaciones franciscanas en el sur de Jalisco durante el siglo dieciséis. Últimamente se dedica a escribir la historia exhaustiva de las Provincias de Ávalos, y nos prometió leernos un capítulo que atañe a Zapotlán. En realidad todos desconocemos, o más bien dicho, desconocíamos la historia de nuestro pueblo, y a decir verdad, yo hubiera dado lo que me pidieran por no haberla conocido nunca, si es que los hechos sucedieron tal y como los relata este buen hombre de Sayula.

Nuestro invitado tomó las cosas con parsimonia. Nos saludó a todos amable y fríamente. Es hombre de poca parola y se estuvo callado hasta que llegó el momento de la lectura. Rehusó el café y los refrescos, y ni siquiera quiso probar un dulcecito. Pidió un vaso de agua. Puso su portafolio sobre la mesa y sacó un impresionante montón de cuartillas escritas a mano. Se quitó los anteojos y se estuvo limpiándolos durante varios minutos con su pañuelo; se los ponía y se los volvía a quitar hasta que no quedó en ellos, según parece, la más mínima partícula de polvo. Luego extrajo del portafolio un frasco de medicina y un gotero. Creo que todos contamos las gotas que iban cayendo en el vaso, lentas y espaciadas, como de una clepsidra: fueron ochenta y cinco. Bebió un pequeño sorbo, y después hacer un gesto de amargura, nos preguntó que si estábamos listos. Como el silencio seguía siendo general y completo, yo tomé la iniciativa y le indiqué que nuestra sesión quedaba abierta en su honor. Al hacerlo, tuve la impresión de que contraía una grave responsabilidad frente a todos los concurrentes. El historiador carraspeó varias veces y en distintos tonos, para afinarse la garganta, y dijo con voz tranquila y opaca: "La traición y los traidores en Zapotlán el Gran-

111

de, durante las guerras de Conquista, de Independencia y de Reforma. Capítulo décimo primero de la Historia General de las Provincias de Ávalos, desde su descubrimiento hasta nuestros días."

Yo tuve un estremecimiento y cerré los ojos, pidiéndole a Dios que aquello no fuera cierto; yo había oído mal, sin duda alguna. Desgraciadamente, la interminable lectura corroboró punto por punto todos los temores de la asamblea. Aquel hombre apacible y documentado se dedicó a insultarnos concienzudamente toda la noche: desde Minotlacoya, nuestro último rey, que capituló para convertirse en aliado de Alfonso de Ávalos, hasta nosotros mismos, Zapotlán no había sido en toda su historia más que un semillero de cobardes y de traidores. Ni siquiera en la guerra de Independencia tuvimos la menor oportunidad de mostrarnos heroicos o patriotas: fuimos, según él, realistas empedernidos. De vez en cuando, el erudito interrumpía la lectura para beber en su vaso de acíbar, tosía y se reanimaba para decirnos que en tiempos de Maximiliano, en vez de pelear, nos echamos en brazos de los franceses...

Un rencor legendario se dio rienda suelta en la prosa dilatada de aquella rata de biblioteca. Más que ofendidos, nos sentíamos abrumados, como si sobre nosotros estuviera cayendo otra vez la lluvia silenciosa de ceniza que nos echó el Volcán de Colima. Yo había tomado ya la resolución de suspender la sesión de historia a como diera lugar, cuando un hecho providencial vino a ponerle fin: se apagó la luz en el momento en que nos enterábamos de que una conjura local estuvo a punto de acabar con la vida de don Benito Juárez, la noche que el Benemérito pasó entre nosotros...

Como si se hubieran puesto todos de acuerdo, a nadie se le ocurrió encender un fósforo. Cuando me resolví a hacerlo, el cronista y yo estábamos solos. Los demás se fueron sin despedirse.

Agosto 17

Dejé de apuntar en mi diario porque me puse a escribir una novela. La media docena de lectores que ha tenido, no escatimaron sus elogios. Don Alfonso tuvo conceptos que me llenan de satisfacción.

Dejé de ver a María Helena, bueno, de hablar con ella desde hace quince días, por causa de mi trabajo. Hace ocho no pude encontrarla aunque la busqué. Ahora tampoco pudimos hablar. No obstante estos veintidós días sin entrevistas, las cosas van bien. Nos vemos casi a diario, aunque de lejos. Debo confesar que estoy realmente enamorado.

Agosto 19

Después de una rápida y prematura alegría, mi amistad me está dando ya maduros sufrimientos. Me enamoré de María Helena antes de tener algún dominio sobre ella, creyendo que como tiene catorce años y yo diecisiete, todo iba a ser mucho más fácil. No es que en realidad haya pasado nada grave, pero algo ha faltado hoy a su mirada, a su saludo, a su gesto lejano. Y esa falta me ha hecho sufrir, y ella me lo vio en la cara, estoy seguro.

Agosto 20

Para poner un poco las cosas en su lugar, he resuelto no verla durante el día. Por la noche, después de una tarde tranquila me sentí un poco triste. Como no podía leer, tomé el camino de su casa. La hallé cerrada y silenciosa. Estuve meditando buen rato frente a su ventana.

Agosto 21

Ahora sólo he pasado una vez ante la Academia de Costura y la saludé. Sonriente, se asomó a la ventana.

Por la noche, nueva meditación frente a la casa cerrada.

Agosto 22

Ha pasado casi un mes para que yo vuelva a hablar con María Helena. Cruzamos el parque y caminamos toda una calle juntos. Yo creía que el camino no iba a terminar nunca, pero cuando faltaba la mitad para llegar a su casa, me pidió que la dejara.

Es doble la impresión que tengo de esta entrevista. Alegría mientras duraba, porque conversamos con cierta efusión. Agudo malestar por la interrupción casi brusca. Esas dos actitudes no las puedo entender en la misma persona, pero así ha sido otras veces, amable al principio, y luego se despide fríamente. No puedo seguir así. O novios expuestos a toda clase de accidentes, o amigos que puedan verse y hablarse con permiso de la mamá. Pero no esto que me pasa.

Una vara de carrizo delgado lleva un cañuto de carrizo más grueso en la punta, liado con ixtle bien empapado con cola espesa de carpintero. Eso es un cohete. Lo demás lo hace la pólvora. Para los de luces hay que conocer muy bien los secretos del oficio, como don Atilano. A la pólvora se le agregan sales metálicas, de cobre, de hierro, de aluminio, según el color que se quiera. Hacer un castillo es ya otra cosa. Hay que tener muchos conocimientos y buenas ocurrencias de arte mecánica. Sobre todo para un castillo como el que van a quemar el día de la Función, que será más alto que la Parroquia. Eso es ya cosa de arquitectura. Yo vi el dibujo. Cuatro torres sostienen una plataforma a ocho metros del suelo. Desde allí se alza el castillo propiamente dicho, con el tronco del pino más alto que haya en toda la sierra. Va a dar vuelta todo entero, movido por unas aspas de luz amarilla y verde, los colores de Señor San José, y en la mera punta se descubrirá al final una imagen de nuestro Santo Patrono, sobre una catarata de luz, rodeada por canastillas que saldrán de todas partes, en forma de querubines... Se revestirá siete veces, y don Atilano tiene calculado que llevará más de quinientas girándulas. Para que las gentes no se acerquen mucho y vaya a haber un accidente, todo alrededor del castillo andarán los toritos de fuego que asusten al pueblo con miles de buscapiés. Al cabo se podrá ver desde muy lejos.

—Padre, también quería preguntarle, ¿menosorquia es mala palabra?

—¿Menosorquia? No, no la conozco, ¿dónde la oíste? ¿Por qué no has venido a confesarte?

—Porque desde el día del temblor no he hecho pecados... Esa palabra se la oí al diablo. El diablo la iba diciendo en un sueño que tuve. Yo estaba en la azotea mirando para la calle y había como un convite del circo. Mero adelante iba un diablo grande como una mojiganga, todo pintado y con cuernos, y las gentes se asomaban a mirarlo y él se bamboleaba al caminar dice

115

y dice: "Cuánta menosorquia os da, cuánta menosorquia os da..."
Y al pasar me miró a mí y era tan alto que su cabeza llegaba
junto a la mía siendo que yo estaba en la azotea. Me dio mucho
miedo y cuando desperté vi todavía la cara del diablo, y era como
la de un compañero que me enseñaba cosas malas en la escuela...

—¿Y qué crees tú que sea la menosorquia?

—Es como las ganas de hacer el pecado. Siempre que lo hago
me da después mucho arrepentimiento, me acuerdo del diablo y
cuando salgo de la imprenta, después que dan los clamores, entro
de rodillas a la iglesia y le juro a Dios que no lo vuelvo a hacer...

Don Alfonso ha tenido otra de esas buenas ideas, que los miembros del Ateneo han aprobado también por unanimidad: suprimir las visitas de intercambio cultural.

Agosto 25

No pude hablar con ella ni el sábado ni el domingo.

El día de hoy lo tenía echado a perder por... Tal parece que
no tengo enmienda. Y a mi edad...

Claro que no lo esperaba ni lo merecía, pero la vi.

—Ahora no puede usted venir conmigo.

Por allí empezamos y todo estuvo a punto de acabar. Siempre
tiene razón.

Esto ya no es amistad. Su mamá se ha dado cuenta. Las muchachas le hacen la vida insoportable en la Academia de Costura. Le dicen la novia del poeta y eso no le gusta. Sin embargo,
me demuestra que no está decidida a acabar con mi amistad.

116

Por fin puedo convencerla. Renuncio a verla. A no ir a su casa, a no pasar por la Academia. Pero entre nosotros habrá un noviazgo secreto.

Y eso es lo que yo pretendía: su promesa, el acuerdo, el compromiso entre los dos. Ella lo acepta con sencillez, pero intensamente. Me dice que ha comprendido la sinceridad de mi afecto. Sabe Dios qué día volveremos a vernos, pero qué gran felicidad... No sé cómo describirla. ¡Cuánta inocencia en sus ojos de niña! Sólo al decir la palabra esperada, le tembló la voz. Y yo recuerdo ese temblor como el premio más grato dado a mi esperanza.

—Hojarascas, le están pegando a dar...

Agosto 26

La imagen de María Helena flota sobre mi vida.

Sin embargo, cuánta inexcusable vileza de mi parte. Qué impuro me siento para pensar en ella.

Cometí el error de leer un libro prohibido. Sufro al confesarlo, la lectura me produjo una excitación que tuve que aplacar de cualquier modo... ¡Y pensar que me prometí una larga abstinencia!

Nueva visita en el Ateneo, pero esta vez espontánea. Por lo tanto, sobre nadie recae la responsabilidad.

La poetisa Alejandrina llegó procedente de Tamazula, bien

munida de informes y referencias acerca de casi todos nosotros. Llegó en el momento oportuno, cuando ya estábamos reunidos y dispuestos al banquete del espíritu.

Hizo su entrada con gran desenvoltura y nos saludó como a viejos conocidos; para todos tuvo una frase graciosa y oportuna. (Nuestras dos socias presentes no pudieron ocultar su sorpresa, un tanto admiradas e inquietas.) Una fragancia intensa y turbadora, profundamente almizclada, invadió el aposento. Al respirarla, todos nos sentimos envueltos en una ola de simpatía, como si aquel aroma fuera la propia emanación espiritual de Alejandrina. (La inquietud de nuestras socias aumentaba visiblemente; en ellas, el perfume parecía operar de una manera inversa, y su fuga se hacía previsible de un momento a otro.)

Lo más fácil para describir a Alejandrina sería compararla a una actriz, por la fácil naturalidad de todos sus movimientos, ademanes y palabras. Pero el papel que representó ante nosotros era el de ella misma, indudablemente memorizado, pero lleno de constantes y felices improvisaciones. Al dirigirse a mí por ejemplo, que ya no soy joven y que disto de ser un Adonis, me dijo en un momento adecuado: "Usted está solo, y su soledad no tiene remedio. ¿Puedo acompañarlo un instante?" Y dejó su mano en la mía, mientras me miraba fijamente a los ojos. Yo hubiera deseado estar a solas con ella para detener de algún modo el vuelo de un pájaro fugaz que en vano anidaba en mi corazón. Afortunadamente, estaba en casa ajena, y mi mujer nunca me acompaña a las reuniones del Ateneo.

Ella traía su libro de versos en la mano, pero dijo que de ningún modo quería trastornar el orden previsto de nuestras lecturas y comentarios. (Cuando ella llegó, yo me disponía por cierto a dar a conocer mi poema bucólico "Fábula de maíz", que naturalmente quedó para otra ocasión.) Todos le suplicamos a coro que tomara asiento y que nos leyera su libro. (Dicho sea sin ofender a las que estaban presentes, por primera vez el Ateneo recibió la visita de una auténtica musa. Al iniciarse la lectura, todos nos dimos cuenta con embeleso de que esa musa era nada menos que Erato.)

A pesar de su profunda espiritualidad, la poesía de Alejandrina está saturada de erotismo. Al oírla, sentíamos que un ángel hablaba por su boca, pero ¿cómo decirlo? Se trataba de un ángel de carne y hueso, con grave voz de contralto, llena de matices sensuales. Indudablemente, Alejandrina se sabe todos sus versos, pero tiene siempre el libro abierto frente a ella, y al volver las páginas hace una pausa que lo deja a uno en suspenso, mientras las yemas de sus dedos se deslizan suavemente por los bordes del papel...

A veces, de pronto, levanta la vista del libro y sigue como si estuviera leyendo, sin declamar, con los ojos puestos en alguno de los circunstantes, haciéndole una especie de comunicación exclusiva y confidencial. Esta particularidad de Alejandrina confiere a sus lecturas un carácter muy íntimo, pues aunque lee para todos, cada quien se siente ligado a ella por un vínculo profundo y secreto. Esto se notaba muy fácilmente en los miembros del Ateneo, que acercaron desde un principio sus sillas en círculo estrecho alrededor de Alejandrina, y que no contentos con tal proximidad se inclinaban cada vez más hacia ella, con todo el cuerpo en el aire, apoyados apenas en el borde de sus asientos.

Yo estaba precisamente sentado frente a ella, y creo que por esa circunstancia fui favorecido con un mayor número de apartes en la lectura de Alejandrina. En todo caso, siempre estuve en diálogo con ella, de principio a fin, y recordé varias veces sus palabras, que se refirieron a mi soledad de hombre soñador. Al hacerlo, no podía menos de pensar en mi mujer, que a esas horas estaría dormida, respirando profundamente, mientras yo escuchaba la música celestial...

A media lectura, y cuando el tono de los poemas ganaba en intimidad —Alejandrina describe con precisión los encantos de su cuerpo desnudo—, nuestras dos socias, que ya no ocultaban las muestras de su embarazo, desertaron discretamente aduciendo lo avanzado de la hora. Puesto que Virginia y Rosalía no se despidieron de mano, la interrupción pasó casi inadvertida y a nadie se le ocurrió acompañarlas hasta su casa como es nuestra costumbre. Yo me reprocho esta falta de caballerosidad y la excuso en nombre de todos... ¿Quién iba a perderse "Contigo bajo la luna", la hermosa serie de sonetos?

Cuando Alejandrina cerró su libro, nos costó trabajo volver a la realidad. Todos a una, preguntamos cómo podíamos adquirir ejemplares de "Flores de mi jardín". Alejandrina nos contestó con toda sencillez que en su cuarto de hotel estaban a nuestra disposición cuantos quisiéramos. Y así se nos reveló el secreto de la musa.

Desde hace varios años, Alejandrina esparce las flores de su jardín a lo largo del territorio nacional, patrocinada por una marca de automóviles. Vende además una crema para la cara, a cuyos misteriosos ingredientes se debe, según ella, la belleza de su cutis. Ni el paso de los años, ni las veladas literarias, ni el polvo de los caminos, han podido quitarle un ápice de su imponderable tersura...

A pesar de su natural desenvuelto y de su evidente capacidad para granjearse afectos y simpatías, Alejandrina no se fía de sí misma para asegurarse el éxito de su empresa. En todas partes adonde va, se busca siempre un par de padrinos, un señor y una señorita, por regla general.

Esta mañana temprano se presentó en mi casa, y con gran sorpresa de Matilde, me pidió que fuéramos a buscar a Virginia. Ella y yo fuimos la pareja elegida para presentarla en las casas comerciales y particulares en las que debe colocar sus productos, el libro y la crema.

Afortunadamente, después de una breve reticencia, Virginia aceptó. El éxito de nuestro recorrido ha sido verdaderamente admirable. Estoy bastante fatigado pero contento. He logrado también superar por completo el desencanto que en un principio me produjo la actividad mercantil de Alejandrina. No hubo nadie que se rehusara a comprar. Hombres como don Salva, que jamás han tenido en sus manos un libro de versos, y señoras como Vicentita, que han rebasado con mucho la edad de toda coquetería, no vacilaron en pagar por las "Flores de mi jardín" y por el ungüento de juventud. Y así anduvimos de puerta en puerta, vendiendo alimento para el espíritu y para el cutis... Más de una persona nos dirigió miradas aviesas...

Está por demás decir que todos los miembros del Ateneo tenemos ya nuestro ejemplar de poesía, más o menos afectuosamente dedicado. Por mi parte, adquirí también dos frascos de crema que he regalado a mi mujer, en previsión de cualquier reproche que pudiera hacerme por la solicitud que he demostrado a la poetisa.

Agosto 30

Tuve ayer una inolvidable conversación con María Helena, que me ayudó a descubrir otros rasgos de su carácter. Alegría y despreocupación. Sin embargo, la seriedad no se borra de su cara. Me contó que se irá de nuevo a Colima, para siempre, dentro de unos dos meses. Hablamos con más facilidad y estoy muy contento de ella.

Septiembre 2

Mi cuerpo no suele durar más de ocho días en estado de calma. Viene luego generalmente un sueño a interrumpirlo, o la excitación se produce de un modo cualquiera. Una imagen, un recuerdo o una lectura bastan para provocarla. Y luego, la caída. Qué desdichado soy...

Algo más sobre Alejandrina. Para definirla, tendría que recurrir a preciosos y diversos objetos: a una porcelana de Sèvres, a un durazno, a un ave del paraíso, a un estuche de terciopelo, a una concha nácar llena de perlas sonrientes...

No me atrevo a calcular su edad. Mi mujer dice que pasa de los cuarenta, pero que se defiende con la crema. (Matilde la ha usado tres o cuatro veces y está asombrada con el resultado.) Para mí, es una mujer sin edad, imponderable... Diario se cambia de vestido, pero siempre usa el mismo perfume. Su guardarropa es notable. Más que hechuras de costurera, sus trajes parecen obras de tapicería, y yendo a la moda, recuerda sin embargo ciertas damas antiguas, toda almohadillada y capitonada, resplandeciente de chaquiras y lentejuelas...

Ni la dura realidad comercial de cada día (hemos pasado toda la semana de vendedores) ha logrado disminuir en mí su atractivo. Ahora andamos solos ella y yo, porque Virginia renunció al tercer día de caminatas y Rosalía no pudo acompañarnos porque trabaja en el bufete.

Es curioso, hablando del espíritu con Alejandrina me he olvidado de todos mis quehaceres habituales, y yendo con ella me siento realmente acompañado. Es infatigable para hablar y caminar, tan delicada de alma y tan robusta de cuerpo.

Puesto que más de una vez se nos ha hecho tarde, ayer comí con ella en el hotel. Aprecia los buenos manjares y los consume con singular apetito. Una vez satisfecha, vuelve con mayor animación al tema de la poesía. Viéndola y oyéndola paso las horas. Nunca se me había hecho tan evidente la presencia del espíritu en su condición carnal...

—¿Ha visto usted semejante cosa? Este hombre que parecía tan serio, allí lo tiene usted de la ceca a la meca, cargándole el tambache de menjurjes y de versos inmorales a esa sinvergüenza. ¿Que no habrá un alma caritativa para que se lo vaya a contar a Matildita?

Septiembre 10

Cuando mi paz de ocho días queda hecha pedazos, me entrego al remordimiento y trato de borrar mi falta a cualquier precio.

Pasan los días y me doy cuenta de que la vida se ha cobrado ya de un modo excesivo el valor de mi pecado. La tristeza y la desdicha son tan grandes en comparación de ese gozo mezquino, que siento lástima de mí.

Hoy, miércoles, hace ocho días que hablé por última vez con María Helena. Sólo volví a verla dos veces más, y a cierta distancia. Fue la mejor conversación que tuvimos, y recuerdo con pena que ella me negó que fuera a marcharse, tal como yo lo sabía por una amiga suya.

Volví muy contento de su casa, pensando en una larga felicidad. El lunes estuve en una tienda, comprando el regalo para su próximo cumpleaños, sin saber que ella se había ido el domingo.

¡Qué dolor tan grande al encontrar la casa vacía! Y la lluvia, qué papel tan triste jugaba en esos momentos. Yo me dejaba mojar, negándome a aceptar la realidad...

María Helena va a cumplir apenas catorce años, y yo la perdono.

Desde hace quince días fueron prohibidas por bando municipal la letra y la música de

> Déjala güevón
> ponte a trabajar,
> llévala a bañar,
> cómprale jabón...

y el domingo pasado, durante la serenata, fueron detenidos como cincuenta léperos que la decían o la cantaban. Pero todavía surgen incidentes.

No solamente a los novios, sino a las parejas de casados y hasta a personas de edad respetable, en fin, dondequiera que se encuentran un hombre y una mujer, no falta un jovenzuelo que les dirija este insulto que deshonra a toda la población masculina. Instantáneamente, las parejas quedan disueltas: las novias cierran la ventana ruborizadas, y las personas que circulan por la calle se separan sin despedirse.

Ha habido más de un lance penoso que pudo tener un fatal desenlace, cuando algún caballero ofendido se echó en pos del agresor para castigarlo.

124

Y lo malo es que no siempre se trata de niños maleducados, sino que muchas veces los insolentes son adultos sin gota de vergüenza.

La copla insultante se atribuye a un zapatero remendón que todo el día se la pasa cantando mientras plancha y cose las suelas. Pero él solamente reconoció ser el autor de otra cancioncilla monótona que dice:

A la Trini le gusta el atole,
el atole le gusta a la Trini,

y que no pasa de allí.

Lo más curioso es que en el pueblo se ha despertado un nerviosismo enfermizo y nadie anda tranquilo del brazo de su dama. Muchos se quejan porque ahora no hace falta cantar la copla ni decir una palabra, ni silbarla. Sino que los vagos zapatean al pasar el ritmo de todos conocido, o simplemente lo tortean con las manos.

El otro día un señor denunció formalmente a un mozo de carnicería, porque al pasar frente al establecimiento del brazo de su esposa, el muchacho, con una risita y una mirada, le dio a entender: "Déjala güevón..."

Tal vez ha sido mejor así. Cuando llegué al hotel de Alejandrina, el empleado de la administración me entregó una carta y un paquetito.

Mis manos temblaron al rasgar el sobre. Sólo había una tarjeta con estas palabras: "Adiós, amigo mío..."

El paquetito contenía un estuche de felpa celeste. Dentro, estaba la piedra de su nombre. Una hermosa alejandrina redonda, tallada en mil facetas iridiscentes...

Incapaz de volver a mi casa en semejante estado de ánimo, me dediqué a vagar, abatido y melancólico, por las calles del pueblo. Tal vez seguí inconscientemente alguno de nuestros inolvidables itinerarios de confidencia y comercio.

Ya al caer la noche, sentado en una de las bancas del jardín, mis ojos se detuvieron en un punto. El lucero de la tarde brillaba entre las nubes. Me acordé de unos versos que leí no sé dónde:

> Y pues llegas, lucero de la tarde,
> tu trono alado ocupa entre nosotros...

Cabizbajo me vine a la casa, donde me aguardaban otra carta y otro paquete. La gruesa letra de Matilde decía: "Me fui a Tamazula con mis gentes. Cuando te desocupes de acompañar literatas, anda por mí." El paquete contenía los dos frascos de crema de juventud. Uno entero y el otro empezado...

He dormido solo, después de tantos años. En la casa inmensamente vacía, sentí de veras mi soledad.

Guardaré la alejandrina como un precioso recuerdo, pero mañana mismo voy a Tamazula por Matilde.

♥

Salí de mi casa a las siete de la mañana por el rumbo de la Cofradía del Rosario en busca de una bestia que se me había desbalagado, sin llevar nada más que una soga en el hombro.

Llegando al rancho donde ordeña Filemón, le pregunté por mi caballo. Ya se lo tenía encargado: era criollo y le di el color y el fierro. Filemón me dijo que acababa de realiar pero que no lo había visto.

126

Me eché para atrás por toda la zona de la laguna, y antes de llegar al rancho de Calvillo me alcanzó don Abigail en su coche y me gritó: "Tú eres Pedro Bernardino." Yo le contesté que sí y lo primero que se me ocurrió fue correr para la laguna, pero luego pensé que iba a aventarme de balazos y mejor me quedé parado esperándolo.

Al bajarse del coche ya traía la pistola en la mano y estaba todavía con un pie en el estribo y otro en el suelo. Yo le metí la pierna enmedio de los dos, y con la mano derecha traté de defenderme. Entonces él me dijo que sacara mi pistola para matarnos. Yo le dije que no traía más que lo que Dios me había dado, que le apachurrara a su pistola, que al cabo yo no tenía miedo de morirme, y más ya tan viejo como estoy.

Entonces me dijo que uno de sus mozos era miembro de nuestra Comunidad Indígena, y que él le daba dinero para que lo tuviera al tanto de todo, y que supo que yo quería matarlo. Me enseñó una credencial de coronel y me dijo que tenía rifles y ametralladoras para que todos sus mozos nos recibieran a balazos el día que le fuéramos a ocupar las tierras.

Entonces yo le dije que no íbamos a ir solos, sino que las fuerzas del Gobierno nos iban a dar posesión. Él se rió y me dijo que mi patrón, el presidente municipal don Faustino, lo había acompañado a México a ver a las autoridades agrarias y que allá les dijeron que sus tierras estaban seguras y que nosotros no podíamos hacerles nada, porque ellos tenían detenido el pleito.

Entonces le dije: "¿De qué se asusta? Todos estamos dentro del Gobierno, y yo y los otros cuatro cabezales tenemos credenciales firmadas por el Gobernador, y ustedes se manejan desde más arriba."

Entonces don Abigail me dijo: "Mira Pedro Bernardino, tú y yo tenemos hijos, a lo mejor se matan entre ellos o nos matan a nosotros. Lo que quiero es que no andemos a la greña. Chócala."

Dejó la pistola, me dio la mano y la chocamos tres veces. "Súbete, te llevo a tu casa." "Gracias, todavía puedo andar." Y luego, como me vio la soga en el hombro, me preguntó qué andaba buscando. "Una bestia que se me desbalagó."

Entonces me dijo: "Mira Pedro Bernardino, no tarda en venir aquí a la laguna un muchacho con unas bestias mías. Allí anda tu caballo. Cuando venga dile que es tuyo, y si no te lo da, tú vas mañana por él, o si quieres, yo te lo mando. Lo único que te pido es que de hoy para adelante tú mismo me digas cómo van los asuntos de la comunidad."

Yo le contesté: "Mire don Abigail, venga a mi casa cuando quiera y yo le informaré, pero no espere que vaya a tocarle a la suya, porque ése no es mi deber."

—¿Se acuerda de que usted dijo que podía hacerme una vela de a doscientos pesos?

Don Fidencio ya iba a cerrar su tienda y traía las llaves en la mano, después de un día de malas ventas. Se quedó viendo a la mujer y la recordó: era la que había estado manoseando una noche todas las velas. Le iba a decir una barbaridad, pero la mujer se le adelantó, sacando del rebozo un montoncito de pesos de plata.

—Aquí le traigo veinte pesos a cuenta para que me la empiece, la quiero de veinte arrobas, cueste lo que cueste. Deme un recibito.

Don Fidencio contó las monedas mecánicamente, y en un pedacito de papel de estraza, con que acostumbraba liar las velas por el medio, escribió con lápiz: "Recibí de María Palomino la suma de veinte pesos, a cuenta de una vela de veinte arrobas de cera cuyo valor será de..."

——Si quiere déjele pendiente lo del precio, eso es lo de menos. Lo que yo quiero es que sea la vela más grande y que dé más luz porque se la vamos a poner a Señor San José. Cada ocho días le voy a ir trayendo lo que pueda. Pero que sea de cera líquida...

Septiembre 15

Hoy hace cuatro meses, un día vulgar como cualquier otro, quedó de pronto convertido en una fecha macabra. Hubo a medio día un terremoto.

De Colima, donde el fenómeno alcanzó proporciones desastrosas aunque hicieron menos argüende que nosotros, emigraron muchas familias en busca de tranquilidad. Como la vida es muy cara en Manzanillo, una de ellas decidió venir a establecerse a Zapotlán.

María Helena llegó el día cuatro de junio pero yo no recuerdo haberla visto hasta el día veintiuno; por lo menos, ése fue el primer encuentro decisivo. Yo sabía que tarde o temprano tendría que irse, pero nunca imaginé que se fuera tan pronto, y sobre todo del modo que lo hizo. Como todavía no puedo olvidarla, tengo pensado ir a Colima a decirle que soy un hombre formal y que no estoy de acuerdo en que nuestro noviazgo termine.

Pero por de pronto, ha sido una experiencia más, y negativa como las anteriores:

Ofelia,
Esther,

Conchita,
Luz María...

María Helena también me dejó, como quiera que haya sido. Estos cinco nombres tan distintos, suenan del mismo modo en mis oídos. De ellos, el de Luz María es el más ingrato, el de Ofelia el más humillante, el de Conchita el más gris, el de Esther el más importante y el de María Helena el más luminoso...

—Aquí las Fiestas Patrias no son más que pretexto para divertirse y alborotar en nombre de la Independencia y de sus héroes. Ayer, día dieciséis, un modesto desfile por la mañana, y por la tarde... juegos de cucaña: palo ensebado, puerco ensebado y barril ensebado... El apogeo del sebo. Más tarde, bajo una lluvia que año con año desluce estos días, hubo combate de flores: coches llenos de muchachas y coches llenos de muchachos se lanzaron unos a otros ramos enlodados de cempasúchiles y santamarías...

—Bueno, pero hay que reconocer que la noche del quince fue inolvidable. La ceremonia del Grito no falla nunca, llueva o truene. Y esta vez, el discurso en loor de los héroes estuvo a cargo de Gilberto, el joven juez de Letras que se ha ganado las simpatías de todos. Esa noche los cohetes, la algarabía y las campanas tuvieron sentido, porque eran como la justa continuación de las palabras de Gilberto. Los colores de nuestra Enseña Nacional parecían teñirse de nuevo en la sangre entusiasmada, en la fe y en la esperanza de todos. Allí en la Plaza de Armas fuimos efectivamente los miembros de la gran familia mexicana, y nos sentimos alegres y conmovidos bajo la lluvia pertinaz...

130

—Me acuso Padre de que escribí un cuento.

—¿De qué se trata?

—No. Aquí está. Se lo dejo. Mañana vengo otra vez a confesarme.

Pitirre en el jardín

Pitirre andaba en el jardín.

En una banca estaba sentada una señora con una niñita en los brazos. La niña le gustó a Pitirre. "¿Me deja darle una vueltita a su niña?", le dijo Pitirre a la señora.

Pitirre se llevó a la niñita entre unas matas de trueno. Sacó una botellita y le dijo que bebiera un traguito. La niña dio un trago grandote. Luego comenzó a crece y crece. Se hizo una muchacha grande. Más grande de lo que Pitirre quería. Luego se casó con ella y tuvo su noche de bodas bajo las matas de trueno.

Después sacó otra botellita y la muchacha volvió a dar un trago grandote. Luego comenzó a hacerse chiquita, chiquita. Pitirre la tomó en sus brazos, le puso un caramelo en su boquita y se la llevó a su mamá.

La señora dijo: "Qué niño tan mono." Luego le dijo a la niñita: "Dile muchas gracias." Pero la niña, que se había hecho muy chiquita, ya no sabía hablar. Sólo hizo: "Ta, ta." Miró a Pitirre con mucho sentimiento, no por lo que le había hecho bajo las matas de trueno, sino por haberla dejado tan chiquita.

Cosas como ésta hacía Pitirre en el jardín.

Don Fidencio labra la cera como su padre y como su abuelo: colgando los pabilos en los bordes de una gran rueda que gira horizontal, suspendida a una altura que corresponde al tamaño de los cordoncillos, según sean las velas de a diez centavos, de a veinte o de a cincuenta.

Sentado frente a un cazo de cobre puesto sobre brasas de carbón, don Fidencio les va echando la cera a los pabilos, bañándolos con un angosto resmillón. Con la mano izquierda hace girar lentamente la rueda, y así se sigue, de pabilo en pabilo, que se van enfriando al dar vuelta, hasta que engordan las velas según sean de a diez, de a veinte o de a cincuenta...

Ya que están bien frías, don Fidencio pule las velas rodándolas sobre una mesa de madera, lisa como un espejo. Luego les corta la cola y les arregla la punta. Ya que están bien torneadas, les graba su sellito de garantía con polvo de oro.

Hacer velas no es tan fácil. Hay que blanquear primero la cera, esparciéndola al sol en copos, estallados en caliente sobre una pila de agua fría. Doña María la Matraca entrega la cera como todo el mundo, en marquetas redondas de distintos tamaños y de distintos colores, unas amarillas, otras anaranjadas y otras cafés, llenas de impurezas y con abejas muertas.

Labrar la cera no es fácil... "¿Para qué me habré hecho cerero?" Don Fidencio no se podía dormir. "¿Para qué me eché el compromiso de la vela de a doscientos pesos?" Pero los pesos de plata que le llevaba la mujer, lo sacaban de muchos apuros. "Mañana voy con doña María y le encargo toda la cera de sus colmenas y le pago lo que le debo..."

A partir del día del acabo, las labores quedan a merced del tiempo y de la voluntad divina, desde agosto hasta octubre. Todos pedimos, de rodillas en la iglesia, y al echarnos las cobijas antes de dormir, lluvias buenas y espaciadas, con veranillos de sol fuerte. De tierra, agua, sol y aire se hacen las mazorcas. Esto lo saben todos los que siembran año con año los campos de Zapotlán, pero para mí es un milagro. Y no creeré en él hasta que tenga en la mano los primeros granos de mi cosecha.

—Alcé los ojos y vi un hombre que tenía en la mano un cordel de medir y le pregunté qué andaba haciendo. Me dijo: "Voy a medir la tierra para ver cuánta es su anchura y cuánta su longitud."

—A mí me pasó lo mismo. Siempre me voy temprano a la labor y ahora vi a dos individuos a caballo con traza dizque de cazadores, siendo que allá por lo mío no hay nada a qué tirarle. Me guarecí en el rancho y vi que andaban recorriendo todo el lindero. Se me hicieron muy sospechosos. Uno era de aquí, creo que uno de los tlayacanques por más señas. El otro era fuerano y si no me equivoco creo que es el ingeniero que les mandaron de no sé dónde. Les pregunté a los mozos y me dijeron que ayer también los vieron.

—Sí, fíjese nomás que andan por todo el llano midiendo las tierras a cordel.

—Y yo, imagínese, apenas acabo de comprar mi potrero, y me aseguraron que eran tierras inafectables...

✳

...y volviendo en la referida forma a la puerta de dicho cementerio que está al Poniente, se tiraron otros sesenta de dichos cordeles por todo el camino que sale de este Pueblo para la provincia de Amula, y habiendo pasado con dichos sesenta cordeles en un bajío que hace en el medio de dicho llano, por lindero conocido pidieron dichos indios otros cinco cordeles más, que se midieron hasta el propio camino que cruza por todo el llano y viene del Pueblo de Tuxpan para Sayula, que así mismo se les concedió por no haber circunvecino que sea damnificado, donde se mandó poner mojoneras...

—Yo no sé en qué estábamos pensando... Nunca se nos ocurrió acabar con todas esas mojoneras antiguas que a veces todavía están en los límites del llano y en las faldas de los cerros. Claro que no están todas, pero hay muchas, y de ellas se están agarrando para confirmar lo que dicen sus papeles, respecto a mediciones y límites antiguos. Mire usted el mapa que yo acabo de hacer nomás así a la ligera. Empecemos por el occidente. La línea va desde Apango, y pasando por el Florifundio y el Cerro de los Puercos va a dar hasta el Agua del Borrego al pie del Volcán de Nieve, baja por el Apastepetl y llega a Huescalapa. De la Puerta de Cadenas sigue por los Amoles y el Chuchul, por el rumbo de la Ferrería de Matacristos. Ya en Cerrillos, entra por toda la Cofradía hasta más allá del Papantón, y luego pues, volvemos cerca de Apango y ya le dimos la vuelta a todos los cerros que circundan el valle. Así que no le quepa a usted la menor duda, todo lo suyo y lo mío, lo que todos los agricultores de Zapotlán hemos comprado con tantos sacrificios, hasta el último terrón, les pertenece a esta bola de cabrones...

Esto de medir las propiedades parece que es una moda. Ahora yo vi por la ventana que Apolinar, uno de los Godínez, andaba por la acera a pasos contados, midiendo el frente de mi casa, doce metros y medio... Luego tocó la puerta. "¡Pase!" Le grité desde el cancel. "No. Aquí nomás." Y asomaba la pura cabeza. "¡Pase, le estoy diciendo!" Lo metí casi a fuerzas. Preguntó por mi mujer, porque es medio pariente. No quiso sentarse y todo se le iba en mirar para adentro, en calcular el tamaño del patio y la altura de las paredes. "Esta casa linda con el Municipio ¿no es verdad?" "Sí, linda con el Municipio. Dígame, ¿qué más se le ofrece?"

Para no hacerle el cuento largo, ¿sabe lo que quería? Pues que yo le traspasara la hipoteca que hice para comprar el potrero. Me ofreció interés más bajo del que estoy pagando, y se permitió decir que si la casa se perdía, siquiera quedaba en familia.

—¿Cómo que todo?

—Sí, todo. Todo el valle de Zapotlán es de ellos, según les están metiendo en la cabeza los historiadores y tinterillos que los azuzan contra nosotros. Cincuenta y cuatro mil hectáreas de sembradura, sin contar las tierras de la Comunidad Agraria, porque eso sí, ellos no van a meterse con el Gobierno.

—Y lo más chistoso de todo es que si les dieran las tierras,

135

digo, es un decir, se vendría abajo toda la agricultura de la región. ¿Se imagina usted la crisis? ¿De dónde iban a sacar para hacer las labores si no tienen ni para taparse el fundillo? Ya ve usted, muy pocos pueden agarrar las tierras a medias, y los cuatroparteros ya casi se acabaron porque hay que habilitarlos de todo y prestarles hasta los pizcalones. Ni modo que le entren otra vez al llano con arados de palo...

—No se haga usted ilusiones. Detrás de ellos andan muchos interesados, de aquí y de fuera. Yo lo sé de buena tinta, hay quienes les han ofrecido dinero para los pleitos, cuesten lo que cuesten, y préstamos para cuando ganen. Por fortuna ellos no aceptan y quieren hacer las cosas a su modo, ya ve usted, son como los pájaros prietos, pendejos y desconfiados.

�֍

—Yo propongo que si Señor San José es de veras el patrón de Zapotlán, que nos lo demuestre y nos dé a entender de una vez si está con los pobres o con los ricos.

—¿Y eso cómo lo vamos a saber?

—Pues si está con nosotros, que se arregle lo de las tierras. Y si no, nosotros para qué nos metemos ya en lo de la Función...

—A mí me parece mejor que este año no gastemos de más. Se ha juntado bastante dinero, no se lo demos todo al señor Cura, al cabo él está de acuerdo. Lo que siempre nos falta es con qué pagar los juicios, por eso siempre ganan los ricos. Necesitamos ayudarle a Señor San José a que nos haga el milagro...

Desde que se echó el compromiso de hacer la vela de doscientos pesos, don Fidencio estaba intratable. Regañaba a su mujer, a sus hijas y a las mujeres que manoseaban sus velas.

—¿Cuál de todas se va a llevar? Deje ái, deje, me las está llenando de mugre.

Pero al mismo tiempo estaba orgulloso pensando en el tamaño de la vela de veinte arrobas. Casi tres metros de alto y medio metro de diámetro.

"¿Cómo la haré? Si la hago como todas, me pasaría la vida bañándola con el resmillón subido en una escalera. Tengo que hacer un molde. Eso es, un molde. ¿De madera? ¿De yeso? No, mejor de barro. Primero tengo que hacer una columna, de lo que sea, para sacar el molde hueco. La columna la voy a hacer con ladrillos redondos... ¿Y si en vez de ladrillos redondos voy poniendo panes de cera, uno encima de otro, pegándolos con cera derretida, hasta llegar al tamaño? Luego sería cosa nomás de bañarla por encima para borrar las junturas..."

Como ya tenía ochenta pesos recibidos, don Fidencio se decidió a acometer la tarea. "Más vale empezar de una vez y no estarme quebrando la cabeza en que si la hago de este modo o del otro. Mañana mismo voy a hacer una hijuela..."

Reverendo Padre Superior, Padre mío en Jesucristo:

Confirmo a su paternidad lo dicho en mi anterior, y agrego lo siguiente. Circula cada vez más por aquí el rumor de que el señor Cura, o mejor dicho los jefes de la Comunidad Indígena, que por otra parte son Hermanos Mayores de las Cofradías antiguas, han estado disponiendo del dinero que se recauda en sus sectores para otros fines muy distintos a los festejos religiosos del próximo octubre, como son los de contribuir a los gastos del pleito que los naturales de aquí siguen en contra de los señores hacendados en sus reclamaciones de tierras.

Sin atreverme a juzgar la conducta del respetable señor Cura (pues como he dicho a Su Paternidad, se trata de simples rumores, aunque muy autorizados), sí puedo decir, y Dios me perdone si incurro en falso testimonio contra mi voluntad, que el señor Cura parece estar francamente de parte de los indígenas, y les está dando mucha beligerancia en los asuntos de la Función, cosa que afecta los intereses y el prestigio de las otras clases sociales, injustamente postergadas y puestas a un lado, por decirlo así.

Por otra parte, un grupo de señores distinguidos (casi todos ellos Caballeros de Colón o miembros de la Guardia de Honor de Nuestra Señora de Guadalupe) se han acercado a mí para ofrecerme toda su colaboración económica en lo que a las obras materiales del Seminario se refiere. Como usted sabe, todos los años queda en manos del Comité de la Feria que organiza los festejos profanos, un buen remanente en efectivo que se destina siempre a una obra de beneficio social, y este año el dinero sobrante ya nos había sido prometido por los miembros de un primitivo Comité, ahora disuelto. En nuestra última entrevista el señor Cura me expresó que ya no podríamos contar con ese dinero, Dios sabrá por qué... Además (y de esto no arrojo la culpa sobre ninguna persona en particular), se ha observado un manifiesto sabotaje por lo que se refiere a las alcancías a beneficio del Seminario. Nadie, entre las clases media y baja, parece dispuesto a echar en ellas ni un solo centavo...

Septiembre 23

Fui a Colima de un día para otro, a decirle a María Helena

que la sigo queriendo y que me duele mucho su ausencia. Una amiga suya de aquí me dio la dirección, y me la encontré allá en otra Academia de Costura. Con su formalidad de siempre escuchó mis palabras de amor, y me contestó muy seria: "Si es cierto lo que usted está diciendo, vuelva aquí dentro de un año y le resuelvo..."

La quiero mucho, pero un año es muy largo. Además este diario ya no sirve de nada. Mejor escribo otra novela...

En estos últimos días se ha soltado una verdadera plaga de anónimos dirigidos lo mismo a personas humildes que principales. Un espíritu chocarrero se ha erigido en juez de vidas privadas y se divierte achacando a faltas supuestas o reales las calamidades que cada quien padece. Lo peor de todo es que no contento con ofender a las personas separadamente, envía copias de sus libelos (a veces breves como telegramas y otras muy extensas en prosa y verso) a gran cantidad de vecinos. Se han ocasionado ya serios disgustos entre personas lastimadas en su honra y en su prestigio. Circula el rumor de que el ferrocarrilero que mató a su mujer, lo hizo prevenido por este canalla solapado que hasta ahora nadie ha podido descubrir.

Como esto de los anónimos está de moda, a mí se me ocurrió que los principales dueños de tierras, que somos los más perjudicados, nos mandáramos unas cartas muy mal hechas en que se nos pidiera dinero con amenaza de muerte, para achacárselas a los tlayacanques. Así podremos meter en la cárcel a dos o tres indios de los más encalabrinados, para que todos se pongan en

139

paz. Yo le dicté las cartas a uno de mis mozos, que apenas sabe escribir. No quería, pero lo asusté con la pistola y le prometí unos centavos.

Hoy en la tarde el cartero me trajo mi anónimo y se lo enseñé a mi mujer. Se mortificó mucho y le empezó una Novena a San Judas Tadeo, para que me cuide.

Mañana voy a presentar la acusación al juzgado, a ver si no me sale el tiro por la culata.

—"No tiene la culpa el indio, sino el que lo hace compadre", palabras tomadas, hermanos míos en Jesucristo, de un anónimo que recibí ayer por la mañana...

Preguntado Salomón,
respondió como el recluta:
no es defecto ser carbón
cuando la mujer es fruta.

Decidido a poner punto final a su situación, el ferrocarrilero dijo los versos con voz fuerte y provocativa, alentado por unas copas de tequila y clavando los ojos en su mujer, que salía de la cocina con un plato de sopa humeante y apetitosa. Sus manos no temblaron y sostuvo la mirada del hombre con una sonrisa dulce, infantil, y el golpe de la palabrota, en vez de turbarla, puso alrededor de su cabeza un halo de inocencia.

—Te hice sopa de elote, de esa que te gusta mucho...

—Y los tamales de chivo.

El hombre se sentó a la mesa y devoró a cucharadas rápidas

140

y enérgicas su manjar predilecto.

☾

Esto de los anónimos no ha resultado tan fácil como yo pensaba. No fue uno, sino tres, los individuos que tuvimos que convencer a como dio lugar, para que declararan ante el Ministerio Público que el tlayacanque Mucio Gálvez y el tequilastro Félix Mejía Garay fueron los autores de las cartas. A su vez ellos se declararon cómplices engañados y reconocieron su letra en los escritos...

Están ahora en la cárcel, pero les hemos prometido que saldrán libres en cuanto caigan Gálvez y Mejía Garay, que son los principales instigadores de todo este pleito y los responsables de que los indígenas anden alborotados reclamando las tierras.

Por lo que a mí toca, tengo la conciencia tranquila, porque creo haber evitado males mayores. El otro día para no ir más lejos, mi hijo salió al campo resuelto a matar a balazos a los dos cabecillas de este embrollo. Gracias a Dios que no los encontró...

✚

Yo, Félix Mejía Garay, de treinta y seis años de edad, casado y con seis hijos de familia, miembro de la Comunidad Indígena de Zapotlán el Grande, que tiene juicio promovido por la restitución de tierras, declaro que en los últimos días del presente mes fuimos a Guadalajara al Departamento Agrario con el asunto del expediente, y que allá nos encontramos con los señores de la Junta de Agricultores, que por lo visto habían ido a echar al periódico una noticia en la primera plana diciendo que íbamos a hacer una invasión de tierras y que todos los de la Comunidad éramos bolcheviques y quién sabe cuántas cosas más.

Yo venía de comprar el periódico, cuando me encontré con Odilón en la puerta del Juzgado. Me llamó y me dijo sin más ni más: "Tú qué necesidad tienes de andar metido en los asuntos de la Comunidad." Yo le dije que sí tenía, porque me hace falta un pedazo de tierra para mantener a mi familia. Nos hicimos de palabras, y él me dijo que en su casa había camiones suficientes para llenarlos de indios y tapar con ellos las barrancas de Zapotlán. En eso salió el juez y le dijo: "Pásate para que te arregle el asunto ese que quieres." Entonces Odilón cambió el tema y me dijo muy risueño antes de irse con el juez: "Te doy los bueyes por las vacas pintas..."

—A mí que no me vengan con cosas, los indios han sido siempre enemigos del progreso en este pueblo. ¿Sabe usted lo que le escribieron al rey de España en 1633, cuando se dispuso aquí la construcción de un ingenio azucarero? "Somos pobres indios menores. Por amor de Dios hacemos suplicación del decreto; no queremos que haya cañaverales en nuestra tierra..." Y nos quedamos reducidos al puro cultivo del maíz, por culpa de estos llorones.

—¿Pues sabe usted que no andaban tan errados? Si no, fíjese en Tamazula y en otros lugares donde pusieron ingenios, ya casi no quedan indígenas. A todos se los acabaron poniéndolos a trabajar como negros...

—Pues más hubiera valido. Entre menos burros, más olotes.

—Perdóneme, pero yo no soy de su parecer, los naturales son como nosotros ni más ni menos. Si no han progresado, la culpa es nuestra, para qué es más que la verdad.

—¡Óigame, óigame, qué se me hace que usted ya se nos está volteando! A ver qué me dice a la hora que le quiten sus tie-

142

rras...

—Pues que se haga la voluntad de Dios. Yo, por mi parte, le paro al pleito y ya no doy un centavo. Si se hace justicia, que se haga sola.

—Mañana mismo quiero que usted repita en la junta esto que me acaba de decir.

—Yo ya no voy a ninguna junta, después de lo de los anónimos. Lo que yo pienso, si quiere que lo sepan los demás, usted va y se los dice por mí.

...me apena distraer la atención de Su Paternidad con estas pequeñeces, pero como no lo paso a creer, quiero contárselo tal como me lo contaron a mí, porque como es natural, yo no estuve presente. Sucede que el otro día el señor Cura empezó un sermón con unas palabras muy extrañas, a propósito de los indígenas y de sus luchas reivindicadoras. Éstas son palabras suyas. Dijo que había recibido un anónimo, que él también era indio "guadalupano legítimo", y algo así como compadre de Nuestro Señor Jesucristo... Yo no puedo creerlo y me parece que la persona que me lo ha contado no entendió bien lo que dijo el señor Cura, o no supo explicármelo. En fin, quede esto como un ejemplo de la confusión que por aquí prevalece. Lo que sí puedo referirle de primera mano, es lo siguiente. Hace unos días me permití asistir a una de las reuniones de la Comunidad Indígena, y me pareció conveniente tomar la palabra y hacerles algunas recomendaciones en tono comedido y paternal. ¿Se imagina usted que al día siguiente el señor Cura me mandó llamar y me reprendió con mucha severidad? Como si yo estuviera bajo sus órdenes... Hágame usted favor.

Todos los años, es costumbre que los zapotlenses que viven fuera del pueblo se unan de alguna manera con nosotros en las celebraciones de octubre. Muchos vienen a la Función, y las colonias más numerosas mandan comisiones en toda forma. Este año abundan ya las aportaciones en efectivo que de los ausentes está recibiendo la Parroquia. Pero hay un coterráneo nuestro que se ha destacado sobremanera, el señor Farías, que de modesto empleado, pasó a ser con el tiempo un gran hombre de empresa.

Pues bien, este zapotlense y buen josefino tuvo una idea, que aunque en un principio parecía descabellada, mereció el apoyo arzobispal: nada menos que pedir a Roma el permiso para la Coronación Pontificia de Señor San José como patrono de este pueblo. A nosotros no nos dijeron nada hasta que todo estuvo arreglado, y podemos dar ya la noticia increíble. Ya está en México el Breve de su Santidad que autoriza ese acto solemnísimo, sólo concedido antes en tres ocasiones a lo largo de toda la historia de la Iglesia.

Este octubre Zapotlán ha obtenido, pues, la más alta recompensa por su acendrado catolicismo. Además de un representante del Papa, vendrán a esta ciudad los señores arzobispos de Guadalajara y de México, acompañados de otros dignatarios, hasta completar el número de doce que se requieren para tal ceremonia. Es para no creerse.

Entusiasmado por el éxito de sus gestiones iniciales, con fe en el resultado final, y aun antes de obtener la venia pontificia, el señor Farías, que ya había hecho un fuerte donativo para los gastos que todo esto va a ocasionar, se apresuró a adquirir a crédito, y por cuenta del pueblo, cuatro kilos de oro de veinticuatro quilates. Los puso en manos de uno de los mejores orfe-

144

bres que hay en la República y ya están hechas las tres coronas preciosas. Porque no sólo Señor San José, sino la Virgen María y el Niño Jesús, van a ser coronados también.

En el diseño de las coronas, que son verdaderas obras de arte, está prevista la incrustación de diversas gemas, pero por ahora la mayoría de los engastes están vacíos. Como la adquisición de piedras preciosas en el mercado resultará sumamente costosa, hacemos desde aquí un llamado a todas las personas que posean joyas de valor para que hagan donaciones. Y así, en vez de lucirlas en esta vida temporal, quedarán allí resplandecientes, en las sagradas imágenes, para ejemplo y admiración de futuras generaciones.

—Así pues, yo me vine del rancho el martes y llegué aquí como a las dos de la tarde. Ese mismo día, a las ocho de la noche, cuando me encontraba en la tienda que está en la esquina de las calles de Bustamante y de Morelos, se me acercaron dos desconocidos y me enseñaron una placa y me dijeron: "Usted es fulano de tal." Les contesté que sí. "Llévenos a la casa de don Mucio el Tlayacanque." Les dije que no sabía dónde era. "Bueno, venga con nosotros." Antes de subirme al coche me quitaron una navaja que traía.

Me llevaron a una celda que hay en la Presidencia y me pusieron incomunicado. Yo no sabía lo que pasaba, pero malicié que era por lo de la Comunidad. Al que querían era a don Mucio, y aunque conocen el domicilio, nomás le rondan la casa, quién sabe por qué, tal vez porque es tlayacanque.

Bueno, el día cuatro me sacaron para llevarme al despacho del presidente municipal a las doce del día, y le hablaron por teléfono a don Abigail para que viniera a testificar que yo era

145

el mismo que había visto frente a su casa en compañía del individuo que escribió los anónimos. Don Abigail llegó y dijo: "Sí, señores, éste es. Por más señas, cada vez que pasaba por mi casa, él y el otro se reían de mí y arrastraban los pies."

Un señor que estaba allí me preguntó que si conocía a Francisco Zúñiga, a Florentino Vázquez y a Refugio Lara. Le respondí que tal vez los conociera. "Si no dice usted la verdad, voy a consignarlo en este mismo momento." Yo le dije que estaba a sus órdenes, que no tenía miedo ni por qué echar mentiras. "Esos señores que le dije le mandaron una carta a don Abigail pidiéndole dinero con amenazas, y dicen que ustedes los obligaron a hacerlo." Dije que no era cierto. Me volvieron a encerrar en la celda y un policía se estuvo en la puerta, que no dejó arrimarse ni a mi señora.

El día cinco me llevaron al juzgado, esposado como un criminal, para carearme con los mentados Francisco Zúñiga, Florentino Vázquez y Refugio Lara, y ellos dijeron que ni don Mucio ni yo teníamos nada que ver en el asunto. Y esto se los preguntaron muchas veces. Allí en el juzgado fue donde al fin me di cuenta de lo que se trataba, y de que esos fulanos se habían prestado a la calumnia.

No me pudieron probar nada, pero salí formalmente preso. Me encerraron en la cárcel grande. Quise que me sacaran con fianza, pero no se pudo. Mandé por un amparo a Guadalajara y me lo negaron. Pero mi defensor obtuvo que los tres individuos rectificaran sus declaraciones, y entonces dijeron la pura verdad: a punta de pistola los hicieron firmar la acusación contra don Mucio y yo, a deshoras de la noche. Que no se echaran para atrás porque los mataban, y que luego que estuviéramos presos nosotros, ellos saldrían libres y con dinero ganado.

Pero aquí estamos ellos y yo juntos en la cárcel.

146

Hoy, primer domingo de octubre, fue el Reparto de Décimas. Se hizo a la manera tradicional, aunque ya el año pasado se había suprimido la costumbre: una veintena de jóvenes, montados en briosos caballos, recorren las calles del pueblo y distribuyen las litografías de color que traen el programa de las festividades religiosas con la imagen de Señor San José.

Se detienen en cada puerta y ponen la décima en manos del jefe de la familia. Detrás de ellos van, al paso o a carrera tendida, chiquillos y gente del pueblo, hombres y mujeres humildes que saben muy bien que el reparto no pasará por su casa. Corren grandes peligros por alcanzar una décima, se meten de plano entre las patas de los caballos y los repartidores los atropellan a veces sin consideración alguna.

Yo he visto muchas veces este desagradable espectáculo que da a nuestras fiestas un comienzo agitado y casi siempre brutal. Se oyen injurias groseras y no faltan los golpeados, ya sea por el caballo o por el jinete. Hoy, por ejemplo, doy cuenta de este incidente:

Un hombre del pueblo, al verse desairado, se agarró firmemente de los arzones de la montura y se dejó arrastrar al trote más de media cuadra bajo una lluvia de latigazos. El caballo, ya de por sí muy arisco, se paró de manos asustado y el jinete cayó al suelo desprevenido. Las décimas se desparramaron por el suelo y los espectadores, chicos y grandes, se fueron sobre ellas como si fueran boletos de entrada para la vida eterna. El culpable fue llevado a la cárcel, con un golpe de herradura que estuvo a punto de matarlo...

Ahora, poco después de comer, me monté a caballo y con todo el dolor de mi corazón, en vez de irme al Tacamo agarré el rumbo de Tiachepa.

Cuando ya iba por la Zona, se vino el agua y me dio gusto mojarme, ni ganas me daban de ponerme las mangas de hule. ¡Hasta que llovió en Tiachepa! Piqué espuelas dándole gracias a Dios porque con esta agüita y otras más que caigan algo se me puede salvar de la labor.

Lo que vi al llegar al potrero es cosa del otro mundo: todo alrededor estaba lloviendo, menos sobre mis milpas. Había como un hueco en el cielo y el sol les estaba pegando. Atravesé todo el campo y después de mi lindero, al llegar a las tierras del Sapo, la lluvia caía otra vez. No soy abusionero, pero ahora les doy la razón a las gentes del campo, y sobre todo a mi compadre Sabás, que me dijo desde el principio de las aguas que este año venía pinto, es decir, que no llueve parejo sobre el llano. Y una de las manchas de sequía, la peor de todas sin duda alguna, le tocó a Tiachepa. Sea por Dios. Desde ahora en adelante, ya sé que lo ganado en el Tacamo lo voy a perder aquí. Es como si jugando a los gallos, le hubiera ido al mismo tiempo al giro y al colorado...

En el nombre de Dios y de la siempre Virgen María noticio a quien posea esta relación:

Te pararás en la Plaza de Zapotlán el Grande, al lado del oriente, y agarrarás la calle recta que es el Camino Real. Luego que llegues a la primera puerta seguirás el Camino de las Cruces.

Luego que llegues a ellas andarás hasta que encuentres un banquito y un bajío. Y si sabes la tierra contarás tres cuchillas y transitarás las tres. Subirás para arriba. Preguntarás cuál es la barranca de Apochintán. Caminarás a la derecha hasta que encuentres el primer risco. Busca la cueva de la Encina. En el fondo está un baule de onzas de oro y un cuero de res colmado de dinero.

✦

Estaba yo en un alto monte y vi un hombre gigante y otro raquítico. Y oí así como una voz de trueno. Me acerqué para escuchar y me habló diciendo: "Yo soy tú y tú eres yo; dondequiera que estés allí estoy yo. En todas las cosas estoy desparramado y de cualquier sitio puedes recogerme, y recogiéndome a mí, te recoges a ti mismo."

◖◗

—Yo desde chico he sido muy perseguido por las ánimas del Purgatorio. Hace mucho, cuando vivíamos por el Becerro de Oro teníamos una vecina enferma. Hay que ayudarse entre vecinos. Yo iba a preguntarle antes de dormirme si algo se le ofrecía. Una noche me mandó que le trajera agua caliente. Y cuando la estaba calentando en la cocina, me habló un ánima y me dijo dónde estaba el dinero, allí nomás, en un pesebre del corral. Se lo dije a la señora y ella ya no necesitó el agua caliente para su dolor. Se levantó de la cama, me dio una barra de albañil y tumbamos el pesebre. Había un cazo de cobre con tapadera, muy pesado. Entre los dos lo arrastramos a su cuarto. La señora lo destapó y me dijo que eran puras monedas viejas de las que ya no circulan. Al otro día se fue a curar a Guadalajara y volvió

149

con muy buena ropa. Hizo su casa de nuevo, comía muy bien y compró muebles y animales. Y no me dio ni un sagrado quinto.

—Otra vez, ya más grande, me habló otra ánima, en mi casa. Era una señora que no quiso confesarse y que muchas veces estuvo tocándome en la puerta así, pum pum, hasta que me habló. Se lo conté a un primo mío y nos pusimos a escarbar entre los dos. Pero tuvimos envidia uno de otro y cuando llegamos al punto, el dinero se nos volvió carbón. Trabajamos de balde.

En la barranca de Beltrán, parándose en el puente, se sube para arriba contando veinticinco pasos. Camina solo y a pie. A pies perdidos, hasta llegar a un agüilote. Sigue para adelante hasta llegar a una piedra que tiene una nariz pintada. Del tronco a la piedra se cuentan trescientos cincuenta pasos. De la piedra a un remanse que está por el borde de la misma barranca se busca una vereda que ha de estar borrosa. Luego que se baje al agua, se alza la vista al paredón donde se ve estar cayendo como cernida de un cedazo. En frente del agua está una pirámide y en ella hay seis cargas de reales.

—Ahora tengo muchas relaciones, pero ya no se las doy a nadie. En la misma casa en que vivo hay dinero enterrado, pero está muy hondo. Mandé llamar un pocero y lo puse a escarbar al pie de un naranjo. Cuando iban ya más de siete metros le dije que parara. "Pero si todavía no hay agua." "No le hace, ya sal-

drá. Hasta ái pago." Y desde el día siguiente yo le seguí dando
solo. A los nueve metros empecé a sacar monos. Puros monos de
barro, unos quebrados como éstos, miren: éste tiene una culebra
enrollada en la cabeza, éste está tocando un pito. Otros tienen
las manitas así adelante, como de perro. Otros tienen unos cope-
tes de danzante. Pero nada de dinero, puros monos. Si los pagan
bien los sigo sacando, si no, mejor los dejo enterrados.

Ahora no me queda más remedio que ponerme a escarbar al
pie del otro naranjo.

...levanta la piedra y allí me encontrarás, hiende el leño y yo
estoy allí...

Procura cuál es el cerrito del Soyate. Hay una mata de soyate
en forma de cruz, no habiendo otra de tamaño y figura. Puesto
en la cruz para donde sale el sol, se cuenta como cien pasos más
o menos. Están tres soromutas tapando la puerta de la cueva,
donde hay un montón de dinero que hace el bulto como de diez
fanegas de maíz, y adelante está otro montón más mediano de
monedas coloradas que no sé qué monedas serán.

Sí, las labores quedan a la merced de Dios, pero uno debe estar
listo. Yo sigo yendo al campo casi todos los días, y dos o tres
mozos están al pendiente de las milpas. Hay que impedir la entrada de animales dañeros y atacar a gusanos y langostas. Por
fortuna, parece que éste no fue año de plagas. Pero quedan otros

azotes, como las malas yerbas y el chagüiste. Éste parece ser un rocío malsano y misterioso que enferma y seca las plantas. Nada se puede contra él. "Cordero de Dios que quitas los pecados del mundo, líbranos del chagüiste..."

—Nadie pudo convencerla de que no se quedara con la criatura, si es que le nacía. "Yo te lo apadrino", no faltó quien le dijera.

Cambió mucho desde antes que se le notara, y ya no se ocupaba con nadie. A todos les decía que no. Apenas si bailaba y ya después ni eso. Nomás hacía el puro quehacer. Se veía más bonita que antes y a todas nos llamaba la atención, como que caminaba sin pisar el suelo. Tenía su cuarto muy bien arreglado y allí se estaba cuando no había quehacer. Hasta compró una muñeca y yo la oía a veces como que hablaba sola.

El día que se tomó la estricnina yo la hallé retorciéndose. No quería gritar y se tapaba la boca mordiéndose las manos. No duró, pero tal vez ya tenía rato. Toda su preocupación era que el niño no se le fuera a salir antes de tiempo, fíjense nomás, apretaba bien las piernas, se las abrazaba y entonces se tapaba la boca con las rodillas, hasta que se murió. Como ella quiso, con todo y su niño.

Cuando la tendimos se veía muy bonita, como si siempre hubiera sido muchacha.

—Ahora que andaba yo tan contento entre los surcos, tentando los elotes más gordos, me quedé asustado ante uno verdaderamente monstruoso. Su crecimiento había hecho estallar las hojas que lo envolvían. En vez de ser blancos, sus granos eran negros como una dentadura podrida y enorme.

Me quedé muy impresionado, a pesar de que Florentino el mayordomo me aseguró que ese fenómeno ocurre todos los años y que no hay labor donde no aparezcan los tecolotes, como aquí les dicen. Para mí fue como un mal presagio encontrar, entre todo aquel verdor, esa caricatura de fruto, esa mueca del mal que en todas partes aparece.

❧

Cada vez que se muere una mujer de la vida alegre, sucede algo muy bonito y muy triste. Una o dos de sus compañeras, o la dueña de la casa en que pecaba, salen a pedir el vestido de una muchacha honrada para enterrarla con ropa limpia.

Ahora que Paulina se envenenó, doña María la Matraca fue a conseguir el vestido. Tenía todas las casas del pueblo a su disposición, pero se le ocurrió ir a casa de don Fidencio, a medio día, para pedir un traje de Chayo, ella sabría por qué.

Salió a recibirla la mamá y le dijo que con mucho gusto. Pero volvió con las manos vacías.

—Perdóneme usted, pero mi hija no quiso. Dice que le da miedo pensar en su vestido enterrado... Y los de las otras muchachas están muy chicos, ya ve usted, son unas niñas.

Doña María se despidió sin más, pensando que Chayo tenía razón: su vestido ya no servía para enterrar a una güila. No estaba hablando de más Odilón aquella noche en que le contó, ya bien borracho, que le había quitado los seis centavos a la hija de don Fidencio el mero día del temblor. "Ya ve, me debería dar mi comisión. Yo trabajo por todos estos rumbos para llenarle el congal..."

Para no errarle, doña María la Matraca dirigió sus pasos a casa de Chonita, una beata quedada y fea a más no poder. La misma que le dio un traje negro para enterrar a la Gallina sin Pico.

—Yo no quise ser Jefe de Manzana y me felicito. Por todas partes hay quejas, a pesar de que a cada quien se le da un recibo por el dinero que entrega. Todo mundo da su opinión, y no hay dos que se pongan de acuerdo. Unos dicen que lo del castillo pirotécnico es un verdadero disparate, por lo que va a salir costando, que mejor habría sido fundir de nuevo la campana mayor, que está rajada desde a principios de siglo; otros, que el dinero debía guardarse para hacer las torres de la Parroquia, que nuestros abuelos dejaron sin construir... Afortunadamente, lo único en que todos están de acuerdo es en lo de la Coronación Pontificia de Señor San José, y en realidad, ya no hace falta hablar de más, porque entre lo que cuestan las coronas y los gastos de la ceremonia, no va a haber dinero que ajuste...

Don Fidencio, que tanto se enfurecía porque la gente le manoseaba las velas, no dijo ni pío cuando supo que le desgraciaron la hija. Se quedó hecho un santo Job, con todas las llagas por dentro. Tomó una copa más de coñac, puso su firma en el documento que amparaba sus compras de cera a doña María la Matraca, y salió a la calle, a la noche de los burdeles.

Hizo el camino hasta su casa muy lentamente, no por la banqueta sino por media calle, viendo con mucha atención las desigualdades y los charcos del empedrado. Llegó sin darse cuenta, más tarde que de costumbre, y se fue a la cama sin merendar.

—Estoy cansado, muy cansado, pero ya arreglé el asunto de

la cera...

—Bendito sea Dios.

De esa noche, don Fidencio hizo un monumento silencioso a la humillación, y consumió en ella todas sus reservas de cólera. Al día siguiente mostró al mundo otra cara, transfigurada por la injusticia. Puso sobre el mostrador toda su existencia de velas de cera blanca y dejó que las gentes del pueblo las manosearan a su antojo, les clavaran la uña y se fueran sin comprarlas...

Dejé pasar ocho días sin ir a la labor y me encontré con una desagradable novedad. Sembré en tierra fértil (hablo del Tacamo y no de Tiachepa) y esto ha dado ocasión a que junto a las milpas se desarrollen otras plantas igualmente vigorosas que las están ahogando materialmente: el chayotillo y el tacote. Tenemos, pues, que hacer la casanga y tumbar con guango toda esta cizaña. Yo quería casanguear cuanto antes, pero Florentino me ha dicho que debemos esperar a que engorden más los elotes, porque así de tiernos se asustan y no cuajan como se debe. Aunque no creo en supersticiones, voy a dejar pasar una semana para reunir el dinero que me costará la operación imprevista que va a aumentar considerablemente los gastos de mi labor.

A propósito, el negocio de la zapatería va de mal en peor gracias al abandono en que se encuentra.

En terrenos de la hacienda de El Rincón ha aparecido una banda de facinerosos que asaltan, roban y secuestran a los pobres trabajadores de ese lugar, al grado de haber dado muerte a un pobre comerciante que volvía de este pueblo después de vender

155

una carga de naranjas. Se sabe que ya fuerzas del Gobierno salieron a perseguir a los bandidos hasta poner coto a sus desmanes.

Continúo, Reverendo Padre, mi carta de ayer, porque considero su intervención muy necesaria y urgente. El dinero se ha reunido y sigue reuniéndose en cantidades verdaderamente asombrosas, como nunca antes, sobre todo desde que se supo lo de la Coronación. Y la Parroquia se está comprometiendo en muchísimos gastos que yo considero innecesarios. El señor Cura, Dios le perdone, parece estar un poco fuera de sí. Y el señor Farías, ante la sorpresa de todos, está abiertamente también de parte de los indígenas y en contra de los propietarios de aquí. Yo creo, en mi humilde opinión, que ha llegado el momento de tomar muy serias e inmediatas providencias. Por lo pronto, gestionar ante el señor Arzobispo que se nombre un párroco auxiliar, de preferencia joven y enérgico, que ponga orden en el caos.

El señor Cura, además de su edad avanzada y en virtud de su actividad casi febril, ha visto recrudecido un viejo padecimiento, así que a nadie le extrañaría su traslado a Guadalajara, para que encuentre reposo y la atención médica necesaria. ¡Bendito sea Dios!

En lo que se refiere a las coronas de oro, han sido hechas por cuenta y riesgo del señor Farías, autor de la idea, con la promesa verbal del señor Cura de que la suma gastada, que es muy cuantiosa, le será devuelta aquí. Este señor ha comenzado a hacer fuertes inversiones en Zapotlán, con la idea de establecer nuevas fuentes de trabajo, y está ofreciendo, y pagando ya a algunas gentes, sueldos muy altos que pueden trastornar la economía de toda la región.

Los capitalistas locales están dispuestos a marcarle el alto, aun los que se han asociado con él, a una señal convenida, que debe venir de Guadalajara. Un movimiento conjunto del alto clero y de la banca, con la colaboración de las autoridades del Estado, daría los mejores resultados. Por un lado, hay que suspenderle los créditos en el momento preciso, y no reembolsarle, por lo pronto, el costo de las coronas, ya que en cierto modo, aunque sus fines fueron muy altos, obró por propia iniciativa y con cierta precipitación.

La Junta de Agricultores acaba de obtener, según tengo entendido, la promesa formal de las autoridades competentes, de que el juicio de restitución de tierras quedará suspendido durante el año que viene, y con toda seguridad, los líderes indígenas se van a cansar de estar yendo a Guadalajara y a México de balde. Para poner punto final a sus actividades, convendría que el nuevo señor Cura, quiero decir, el auxiliar que la Mitra tenga a bien nombrar, decida, como se ha hecho en otros lugares de la República, amenazar con la excomunión a los miembros de la Comunidad que se manifiesten más rebeldes y obcecados.

Por último, la amistad del señor Farías con los tlayacanques a todos nos parece muy sospechosa. Se sabe que cuando van a México, siempre están de visita en su casa y él los recibe como a verdaderos personajes ayudándolos en todas sus gestiones. Los propietarios agrícolas piensan naturalmente que esto lo hace con segundas intenciones, aunque en todo se manifiesta como buen católico, y hombre honrado y trabajador.

El peligro debe ser alejado a tiempo, Reverendo Padre, y más vale que haya un solo perjudicado, y no toda una población.

—Todo el año parecemos coheteros, nomás pensando en la

feria y llenándonos de pólvora la cabeza, para que a la hora de la hora, todas las ilusiones se nos seben...

—Al Municipio se le fueron los pies. Con eso de que no iba a haber casi festividades profanas, le dio la concesión a un empresario de fuera para que se encargara de todo. Y en los primeros días de octubre, de puros derechos de piso para instalar puestos, juegos mecánicos, cantinas y barracas, sacó más del doble de lo que le pidieron. Y eso sin contar las corridas de toros, que siempre las hubo. Aunque las primeras han estado muy malas, allí está la plaza diario a reventar. No cabe duda, el dinero de aquí siempre se lo llevan los de fuera. Lo que sale de las diversiones, los fulleros y los políticos. Y lo de la iglesia, pues vayan ustedes a saber, se va a Guadalajara, a México, y dicen que hasta a Roma. Sea por Dios...

Muy querido amigo mío: Tengo pésimas noticias que comunicarle, pues hubo un completo desbarajuste entre el Comité de Feria, la presidencia archimunicipal y la Cámara de los Lores. Total, que no hay dinero para los Juegos Florales. Claro, la hebra se ha de reventar por el lado de la cultura. Excuso entrar en detalles, pues espero que nos veamos pronto. Entre tanto, le ruego suspender la manufactura de la Flor Natural, que por primera vez iba a ser como mandan los cánones: de plata labrada, aunque de modestas proporciones. Los trabajos recibidos han sido muy pocos y de desalentadora calidad. De todos modos, haremos un último esfuerzo para no vernos en el caso de declarar desierto el concurso. Si el acontecimiento se llega a salvar, le pondré a

158

usted un telegrama para que nos traiga, si no una rosa de tamaño natural, por lo menos una humilde violeta que le sirva de fistol al agraciado... Y es que (ya lo habrá usted oído decir) todo el dinero se nos fue en comprar coronas de oro...

—Digan lo que quieran, a mí me encanta la chirimía. Apenas la oigo, ya tengo el corazón lleno de feria, aunque no salga de mi casa. Es muy monótona, sí, y acaba uno por cansarse de oírla todos los días. Pero yo no la cambio por toda la música del mundo. Palabra, cuando me muera, pediré que me entierren con chirimía, como a los indios de Tuxpan. Ojalá y que me cumplan la última voluntad.

*

En la serenata del domingo, después del Reparto de Décimas, don Salva vio a Chayo más bonita que nunca. Seria y muy recatada, pálida y con un dejo de tristeza que lo llenó de ilusiones. "Con toda seguridad, ya terminó con Odilón."

Y esa noche, antes de acostarse y después de hacer sus oraciones, hizo un firme propósito que le ayudó a dormirse en cuanto puso la cabeza en la almohada: "Mañana mismo le voy a pedir que se case conmigo..."

—Mañana mismo le voy a avisar a don Salva que ya no vas a trabajar con él. Te encierras en la casa para que nadie te vea. Tú misma les dices a tu madre y a tus hermanas que vas a tener un hijo. Anda hoy mismo a confesarte y aquí no ha pasado nada.

No llores.

C

—Yo señor, soy de Chuluapan, para servir a usted. Le recomiendo que vaya por allá si le gusta tratar con gente franca. Si les cae mal, se lo dicen en su cara y a lo mejor hasta lo matan, pero eso sí, frente a frente. Claridosos, como nosotros decimos. Los chivos, los puercos y las gallinas andan sueltos por la calle pepenando los desperdicios y nadie se los roba, porque allá no hay ladrones. Pero eso sí, como dice el dicho, encierre usted sus gallinas si no quiere que se las pise mi gallo.

Y yo ando por aquí de huida porque pisé una gallina. No sé ni para qué le cuento. ¿Usted ha visto a los herreros cuando se ponen a golpear entre dos un solo pedazo de fierro? Así éramos aquél y yo. Los martillos caen duro en el mismo lugar y los golpes son lo doble de tupidos y lo doble de recios.

Soy herrero y me gusta golpear el fierro dulce, bueno, usted me entiende. Saca uno el fierro de la fragua casi blanco y lo vuelve a meter cuando se va poniendo color de hormiga. Al fierro hay que trabajarlo en caliente. Mientras más caliente, mejor. Míreme las manos. Seis meses que no agarro la herramienta y los callos no se me quitan. Con estas manos que está usted viendo, le hago en media hora una docena de pizcalones. Nomás eso sí, encierre usted sus gallinas porque se las pisa mi gallo...

A propósito dicen que aquél me anda siguiendo y que pregunta por mí en todas las herrerías, con un martillo en la mano. Por eso ando aquí de feria en feria, para ver cuándo me alcanza...

Don Fidencio cerró su casa a piedra y lodo. Ni su mujer ni sus

160

hijas saldrían a la calle. Él daría la cara por todos. "Al fin y al cabo tenemos muy pocas amistades, y con el refuego de la feria nadie se va a acordar de nosotros. Si me preguntan por Chayo, diré que está fuera de aquí, porque yo no quise que saliera de reina ni de virgen..."

Desde que Chayo no fue más a su tienda, a don Salva se le iba el suelo de los pies, y el tema de sus insomnios tuvo un cambio decisivo. Ya no se pasaba las horas en bodas imaginarias, desflorando a cuanta muchacha se le venía a la cabeza. Se la pasaba, por decirlo así, con el alma de rodillas frente a una virgen de hierro. "Y pensar que yo la tenía cerca de mí todos los días, que la veía de frente y de perfil mañana y tarde, que le mandaba hacer esto y lo otro, que me preguntaba y me respondía." A don Salva casi se le salían las lágrimas. Acariciaba en la imaginación las telas de flat y de chermés con que se imaginaba verla vestida. "Mañana le voy a mandar de regalo tres cortes para que los estrene en la feria. ¿Pero dónde tenía yo la cabeza? Tan fácil que era hablarle en la tienda. Y ahora ¿qué dirán las gentes cuando me vean rondando la casa de don Fidencio el cerero?"

Y de nada le sirvió a don Salva rondar la casa, estarse parado en la esquina horas y horas, dar vueltas en el jardín, entrar y salir de la iglesia, buscando por todas partes el rostro de Chayo. De nada le sirvió porque no pudo verla en ninguna parte. Alguien le dijo que ya no estaba en el pueblo. Alguien le dijo que se había enfermado. Alguien le dijo...

Don Salva estaba volviéndose loco.

—¿Qué le parecieron las décimas?

—La mera verdad, se me hacen muy rancheras.

—El año pasado estuvieron más elegantes.

—A mí no me la dejaron en la casa. Voy a ver si consigo una en la Parroquia.

—Ni vale la pena. Parece que las hicieron los indios, están muy chillantes.

—De todos modos, yo tengo la colección completa, desde fines del siglo pasado.

—Yo tengo una en pergamino legítimo, de 1913, el año de la arena. Se la regalaron a mi papá, que era compadre del Mayordomo. La voy a donar al Museo Regional...

—¿Para que se la roben?

—Déjeme leerle a usted los versos que traen las décimas este año:

> En hambre, peste, temblores,
> guerra, inundación, sequía,
> Zapotlán de noche y día
> a José pide favores.
> Él le responde: "No llores;
> porque me invocas con fe,
> tus angustias guardaré."
> Por eso tan juntos van:
> él, José de Zapotlán
> y Zapotlán de José.

—Esto es lo que se llama una buena décima. ¿No le parece a usted? Después de leerla, qué importan los colorines...

162

—Don Isaías, protestante, tiene don de lenguas y la boca llena de Biblia a todas horas. El otro día estábamos jugando malilla y bebiendo unas cervezas. De pronto se levantó y puso sus cartas bocabajo sobre la mesa. Le preguntamos adónde iba, y él, que se dirigía al fondo de la casa, se volvió un momento y dijo con solemnidad: "Iré a lugares secretos y haré obra de abominación. Orita vuelvo."

—¿De veras eso es fornicar? Yo creí que era otra cosa, que era algo así como quién sabe. Eso que usted dice quisiera hacerlo todos los días, pero no más lo hago una vez a la semana, cuando mucho. Ya ve usted, la ignorancia...

A la orilla de los caminos, por todas las entradas de Zapotlán, se sientan las tipaneras envueltas en su rebozo, con el chiquihuite de sopes o la olla de tamales, para cambiarlos por mazorcas de maíz a los carreteros que vienen de las cosechas a la caída del sol. Algunas esconden también botellas de tequila y de ponche: una o dos mazorcas, según el trago.

Dicen que hay otras que acechan en lugares sombríos sin más mercancía que ellas mismas. Éstas son las más temibles para los agricultores, que deben valerse de gentes de confianza para evitar que sus cargamentos lleguen mermados por este trueque, mucho más costoso que los demás.

—Con daga le puedo errar el jijazo, por algo son pandas. Los verduguillos son derechitos como espinas de huizache. Hay buenos cuchilleros en Sayula. Yo escogí un verduguillo ahora que estuve de pasada.

A veces les ponen figuras y letreros. Me dijeron que si le escribían mi nombre. Yo les dije: "Mejor póngale una mentada de madre." Y se rieron. Me costó caro. La hoja es de lima, todavía se le alcanzan a ver las rayitas. La cacha de ruedas de cuerno, una negra y otra güera. La punta está como ajuate.

Yo no le voy a decir nada. Ni le voy a saludar. Pero si él me dice: "¡Órale coyón!", se lo dejo ir en las costillas.

Así me decía antes, cuando éramos becerreros, y así me manda decir con los que vienen a San Gabriel: "Pregunten por el coyón, y díganle que cuándo se viene para Cotija."

Y es que yo también me iba a ir para Cotija de muchacho, pero me le rajé a medio camino, cuando encontramos al colgado.

Pues ya estaría de Dios que no viera yo los primeros ni los últimos granos del maíz de mi cosecha.

Hoy sábado, al hacer la raya, le vendí a mi compadre Sabás el potrero con la labor en pie, en menos de lo que me costó. Ya habíamos empezado el corte de hoja, operación muy importante y que dejo sin describir, porque éste es el último de mis apuntes. Sea por Dios.

Resultó que aparte del peligro que hay por lo de la Comunidad Indígena, el Tacamo estaba en litigio entre dos hermanos.

Y el que me lo vendió no era dueño de todo. Ayer me citaron

en el juzgado, y yo no soy para esas cosas. Mi compadre, que es colindante, ya tenía pleito anterior con estos herederos y va a jugarse el todo por el todo. Al fin que él tiene mucha experiencia y muchos intereses que defender. Allá él.

Con lo que recibí, apenas me ajustó para pagar mis deudas y la renta de Tiachepa, que se la dejé al dueño como tierra de agostadero.

Vuelvo a mis zapatos. Por cierto que lo único positivo que saqué de esta aventura es la ocurrencia de un modelo de calzado campestre que pienso lanzar al mercado para sustituir a los guaraches tradicionales. A ver si tengo éxito y puedo pagar pronto la hipoteca de la casa...

—Me acuerdo de aquel vale Leonides como si orita lo estuviera viendo con sus calzones de manta con alforzas, el ceñidor solferino muy bien trincado, el sombrero de palma con toquilla de gamuza y los guaraches gruesos de garbancillos. Me decía: "¡Órale coyón!"

Y se me quedó el Coyón. Yo andaba con guaraches de horcapollo, como los que traigo, el ceñidor desteñido y sombrero de soyate. Los dos éramos becerreros en San Gabriel, y el año que nos íbamos a ir para Cotija, tres veces los becerros se mamaron las vacas. Se abría de noche la puerta del corral como adrede, y cuando llegaban los ordeñadores en la madrugada, ái están las vacas con las ubres pachichis y los becerros bien timbones.

La última vez ya no quisimos esperar la sanjuaniada y nos fuimos para Cotija sin avisar, cada quien con su tambache. Aquél tenía un tío que trabajaba en los quesos, y nos fuimos a menear el suero para hacer el requesón. Caminamos todo el día. Aquél dijo que sabía el camino, y seguro lo supo, porque llegó. Yo me devolví en la noche, después de que encontramos al colgado.

⌐

—Como era natural, este año se han multiplicado las danzas. Los agricultores se quejan porque todos los cortes de hoja están muy retrasados. Los gañanes, después de todo un mes de estar ensayando, no pueden con el trabajo y hacen, cuando mucho, medias tareas. Pero quién les va a quitar las ganas de bailar. Los que más abundan son, como siempre, los Sonajeros. Pero ahora han salido también Mecos, Pastores y Retos. A mí lo que más me gustó es ver otra vez los Paistes, que según creo, es la danza más antigua, porque hablan de ella los primeros cronistas. Los que la bailan no llevan, como los demás danzantes, tantos hilachos, plumas, paliacates, espejitos y cuentas de colores. En realidad ni parecen gentes. Parecen monos de hoja. Desde la cabeza a los pies van cubiertos de heno y no se les ven ni cara, ni manos, ni pies. Miran a través de las tupidas hebras de zacate y se bambolean lentamente, como árboles, y sus pasos son pequeños y muy medidos. Mero arriba se les ve una angosta máscara de palo, y como la llevan encima de la cabeza con un mechón de cabellos, parecen altísimos. A mí de chico me daban miedo, porque parecen brujos. Pero ahora, si yo fuera juez del concurso de danzas, les daba el primer premio a los Paistes.

⚏

—Lo que son las cosas, eso de suprimir casi todos los festejos profanos ha dado malos resultados. A los jóvenes les faltan distracciones y allí los tiene usted que todas las noches, después de la serenata, se van a los retaches, a la perdición, como quien dice. Más valía que se la pasaran bailando con muchachas decentes. Y los señores de edad, peor tantito, véalos usted en las partidas y en las redinas, jugando albures y yéndole a la ruleta. Nunca había habido tantos desplumaderos para ricos y pobres. "¡Esos rayueleros que se la quieran jugar, cinco tiradas por cinco les voy a dar!" "¡Aquí está el trompito inglés, que con uno se sacan diez!" "¿Dónde quedó la bolita?" Yo vi una pobre mujer que se puso a llorar después de que perdió un peso adivinando dónde había quedado la bolita...

—Cállese Laurita, todos andan vueltos locos y no salen de por allá. Con eso de que trajeron dizque unas muchachas nuevas de Tamazula...

—¡Válgame Dios! Cuanta vieja se mete aquí de sirvergüenza, luego dice que es de Tamazula. Como si aquí no las hubiera, y con más ganas de darse a la perdición.

—¡Ay, Laurita, perdóneme! No me acordaba que usted es de Tamazula.

—Y a mucha honra. Lo que pasa es que somos menos hipócritas, pero para que usted se lo sepa, aquí hay mucha más corrupción que allá. Somos más alegres y más bien dadas, por eso tenemos fama, pero hasta ái nomás.

—Por amor de Dios, Laurita, fue una equivocación...

—Lo que pasa es que todas aquí son unas moscas muertas, unas viejas troyas...

Por un lado está bien, pero por otro está mal. La iglesia prohibe las corridas de toros en los días del Novenario, pero el Munici-

167

pio las permite. Antes se llamaban "las Nueve Corridas de Señor San José". Ahora ya no se llaman así, pero da lo mismo. Este año hemos tenido toro de once, por la mañana, y de entrada gratuita, precedida por el gran convite que le dicen "suelta de caja" porque mero adelante van tocando el pito y el tambor, seguidos de mojigangas. Luego van dos hileras de charros a caballo que resguardan los toros o vacas bravas, rodeados de cabestros. Detrás va un carro de mulas adornado con ramas verdes y banderas de papel, que conduce uno o dos barriles de ponche de granada con pólvora y alumbre, para que haga mejores efectos. Y lo único que se necesita es llevar un jarro y abrir la llave: tu boca es medida.

El convite está a cargo de las comunidades locales de obreros, campesinos y artesanos, o de las peregrinaciones de fuera, que toman a su cargo un día del Novenario. Todos se esfuerzan por lucirse y la generosidad llega a veces a verdaderos extremos. Los de Tamazula, por ejemplo, sacaron ahora tres carros con ponche distinto, de guayabilla, de zarzamora y de piña, y emborracharon a media población.

Ya en la plaza, que huele a madera recién cortada, a petates verdes y a sogas de lechuguilla, todos se lanzan al ruedo, porque el que no anda perdido está a medios chiles. Es un desorden espantoso. Unos jinetean y otros torean con la cobija a los bueyes que sacan. La gente se divierte mucho y aplaude a los que logran aguantar dos o tres respingos. Muchos caen y ya no se levantan; golpeados y borrachos, sufren pisotones de toros y toreros.

Por la tarde es la corrida formal. Este año, como casi todos los últimos, trajeron a Pedro Corrales con su cuadrilla de maletas. Hay que verles los trajes de luces, tienen más remiendos que bordados. El único que sirve es el payaso, que baila muy bien y hace suertes.

—Aquel vale Leonides caminaba aprisa, trotando de lado como coyote. Y sabía ver desde lejos, A veces, cuando uno de los tuceros nos prestaba la chispeta, salíamos a buscar güilotas. Yo iba pelando los ojos sin ver nada, cuando aquél me decía: "¡Órale coyón, no hagas ruido, que ese mezquite está cargado de güilotas." Yo me quedaba parado y aquél se arrastraba hasta cerca del mezquite y se tumbaba dos o tres de un tiro. Nos las comíamos asadas, y cuando no había güilotas, les tirábamos a los zanates de pecho amarillo. Nomás que aquel vale nunca me dejaba tirar.

Concha de Fierro siempre estaba triste. Desde lejos venían los hombres atraídos por el run run: "Yo le quito los seis centavos porque tengo lo que tengo y ella tiene por donde." Bailaban primero y luego se echaban sus copas. "¿Vamos al cuarto?" Y volvían del cuarto acomplejados:

—Palabra, le hice la lucha, pero me quedé en el recibidor.

Doña María la Matraca consolaba a Concha de Fierro.

—¿Qué quieres, muchacha? Ya no le hagas la lucha, tú no eres para esto, dale gracias a Dios.

Pero ella era terca:

—Ya vendrá el que pueda conmigo. Yo no voy a vestir santos.

Y llegó al fin su Príncipe Azul, para la feria. El torero Pedro Corrales, que a falta de toros buenos, siempre le echan bueyes y vacas matreras. Después de la corrida, borracho y revolcado pasaba sus horas de gloria en casa de Leonila. Y alguien le habló de Concha de Fierro.

—¡Échenmela al ruedo!

Poco después se oyeron unos alaridos. Todos creyeron que la estaba matando. Nada de eso. Después del susto, Concha de Fierro salió radiante. Detrás de ella venía Pedro Corrales más gallardo que nunca, ajustándose el traje de luces y con el estoque en la mano.

—¡El que no asegunda no es buen labrador!, gritó un espontáneo.

—Al que quiera algo con ella, lo traspaso. Dijo Pedro Corrales tirándose a matar.

Y ésa fue la última noche de Concha de Fierro en el burdel. Dicen que Pedro Corrales se casó con ella al día siguiente y que los dos van a retirarse de la fiesta.

Los días de la feria se van unos tras otros, y todos los dejamos ir esperando el día de la Función y la llegada de sus Ilustrísimas. Aunque les preparamos gran recibimiento, estamos confundidos. Lo único que nos consuela es que no se trata de nosotros, sino del que está allí en el altar, con su vara de azucenas...

—Si en mi mano estuviera, yo les aconsejaría a todos los visitantes que ya no vengan a la feria del año que viene. Estamos en la más completa decadencia, y no es porque yo ya me sienta viejo y cansado. Ahora todo lo veo como de mentiras y nadie se divierte de deveras. Hasta los mismos danzantes ya no parecen de aquí, vestidos de artisela como bailarinas de carpa. Antes tan serios, tan ensimismados, con sus guaraches burdos y sus calzoneras de cuero. Ahora se ponen zapatillas de charol, con moño y tacón...

—Ya estoy metido aquí, tal vez donde quise estar. Aquí me acuerdo del ganado. Por la ventana se ven las nubes que van cambiando de colores según es de tarde o de mañana. Son como el ganado, y vienen y se van en manada. Yo las veo a veces barrosas, enchiladas, barcinas o duraznillas.

Pasó lo que tenía que pasar. Vino por la feria, muy bien ajuareado de ropa, con tejana. Nomás me vio y me dijo: "¡Órale coyón!" Nos encontramos sin querer, allí nomás junto a la plaza.

Yo siquiera miro las nubes. Aquel vale Leonides ni siquiera las ve, con toda la tierra que tiene encima.

—Por primera vez en nuestra historia, se necesitaba invitación para poder entrar a la Parroquia, figúrense ustedes nomás. Yo creí que iba a poder ver la Coronación, pero me quedé con las ganas, como casi todo el pueblo. Las puertas estaban guardadas por unos individuos vestidos de soldados antiguos. Tal vez tengan razón, la Parroquia es muy grande, pero no íbamos a caber todos allí. Lo que me dio más coraje es que el encargado del ceremonial se opuso a que entraran los tlayacanques, y eso que nomás estaban invitados dos de los cinco cabezales. Tenían su lugar separado, pero no los dejaban entrar por órdenes del nuevo señor Cura. Lo que pasaba, según supe, es que la ceremonia era de etiqueta y ellos iban vestidos de gala, pero de tlayacanques, según su costumbre. Quien puso fin a la situación fue el señor Farías, el que mandó hacer las coronas. Alguien le avisó y dijo que si no los dejaban entrar, él se salía de la iglesia.

171

—Parece increíble que ocurran estas cosas en medio de tanto fervor. Claro que durante la feria pasan muchas cosas desagradables y hasta crímenes nefandos. En estos días por ejemplo, una riña a cuchilladas entre dos fuereños, acabó con la vida de uno de ellos. Y un anchetero fue hallado muerto, con la cabeza partida a martillazos. Pero no me refiero a eso, sino a algo que sin ser un crimen ni cosa parecida, está poniendo en las noches de octubre, tan esplendorosas en lo religioso y lo profano, una nota discordante. Se trata de la cancioncilla aquella de "Déjala güevón...", que parecía definitivamente desterrada, y que ha vuelto a surgir en estos días al amparo de la algarabía y de las aglomeraciones.

—Nuestra Plaza de Armas, el Jardín, como todos le decimos, tiene su quiosco central donde toca la música la serenata de los domingos y los días festivos, rodeado por una amplia glorieta circular. Luego están los prados de árboles y flores. Alrededor, dos amplios paseos formados por tres hileras de bancas de fierro, donde toman asiento las familias. Los muchachos caminan para acá y las muchachas para allá, en filas de a dos, de a tres y de a cuatro en fondo. Después de algunas vueltas, se van formando parejas, y los afortunados salen de la ronda de los hombres y entran a la de las mujeres.

Pero eso sí, hay un orden, mejor dicho, había hasta el año pasado un orden riguroso: por el paseo de adentro circulaban las personas decentes; por el de afuera, los de sombrero ancho y de rebozo. Ahora se ve mucha revoltura y la gente del pueblo ha

172

transgredido la barrera social con evidente insolencia. Como sería penoso y difícil llevar el caso ante las autoridades, y menos en estos días de feria, las personas distinguidas han optado por abandonar el campo en vez de someterse a esta intolerable y mal entendida democracia.

—Los Caballeros de Colón y un gran número de jóvenes severamente uniformados, se colocaron en dos filas a los lados de la nave mayor.

Entraron sus Eminencias, sus Excelencias y sus Señorías, por orden riguroso, lentamente, y se colocaron a los lados del altar, en suntuosos sitiales. Luego pasaron las tres andas de madera tallada, donde sobre cojines de raso, resplandecían las coronas. Pasó primero la del Niño Jesús, conducida por pequeñuelos. Luego la de la Virgen María, en manos de distinguidas señoritas, y finalmente la de Señor San José, llevada por seis representantes del pueblo, elegidos entre las mejores familias.

Después de una misa pontifical, larga y solemnísima, se llevó a cabo la Coronación. El Legado Apostólico, representante de Su Santidad, coronó al Niño Jesús. El Arzobispo de México a la Virgen María, y el Arzobispo de Guadalajara a Señor San José. En ese momento todos los fieles estallaron en vivas al Santo Patrono, consagrado por doscientos años de devoción.

—En medio de todo ese barullo siempre pasan cosas muy tristes, y a nosotros nos toca verlas, pues vivimos mero enfrente de la plaza. En una de tantas barracas, unas de frutas y otras inmundas, estaba la atracción del Indio Sahuaripa, Domador de Víbo-

173

ras, Escorpiones y Alacranes. Todo esto pintado con letras, figuras y colores horribles. Yo no me metí. Dicen que todo estaba lleno de coralillas, alicantes, cascabeles y malcoas.

Pues figúrese usted nomás que ayer en la tarde llegó un hombre del campo con una hocico de puerco metida en un costalillo para vendérsela al domador.

El Indio Sahuaripa agarró la culebra con toda confianza a la vista del público, diciendo que a las hocico de puerco no hay que tenerles miedo porque son muy mansitas... Y nomás se oyeron los gritos. La víbora le dio tres mordidas y el hombre se cayó al suelo retorciéndose.

No duró ni dos horas, aunque le pusieron el suero. El Municipio se hizo cargo y ahora lo enterraron. Dejó una viuda con tres muchachitos que no sabía qué hacer con aquel animalerío. Por fin llamaron a José Mentira, que es cazador de víboras, para que las matara a todas, las pelara y le vendiera los cueros al talabartero.

La viuda y los niños siguen viviendo en la barraca y son una lástima. Y todos nosotros aquí asustados, porque hasta ahora nadie ha dado con la hocico de puerco que se le fue viva de las manos al Indio Sahuaripa...

—Lástima que no pueda yo acordarme. Subió al púlpito un Monseñor muy viejito, que dijo... ora verán, a ver si puedo acordarme: "Oh Zapotlán, Zapotlán el Grande, deja que yo corra el velo de tu historia..." Algo así por el estilo. Ojalá y alguien pudiera acordarse de todo lo que dijo, porque conoce la historia desde que vinieron los españoles. Nunca he oído un sermón tan bonito. Hasta mentó a los tlayacanques y dijo algo acerca de la tierra. Todos nos quedamos con la boca abierta, y a

Juan Tepano le brillaron los ojos. Pero luego Monseñor como que se dio cuenta y se echó para atrás, y después de una pausa siguió hablando de la tierra, "pero de la tierra bendita de Zapotlán, que los misioneros sembraron con la palabra de Dios, y que en este día de la Coronación ha dado una cosecha de catolicismo ferviente." Juan Tepano inclinó la cabeza y a don Abigail, que estaba muy cerca de él, se le quitó un peso de encima. Alzó los ojos como dándole gracias a Dios y María Santísima de que a Monseñor no se le hubieran ido los bueyes...

La entrega de premios a los poetas laureados se hizo casi en familia. Estaba anunciada en el Teatro Velasco, pero no fue nadie; sólo unos desbalagados que nos preguntaron si iba a haber peleas de gallos.

En vista de lo cual, los miembros del Ateneo Tzaputlatena nos trasladamos a casa de don Alfonso, como si se tratara de una sesión rutinaria. Ni siquiera estaban todos los socios.

Cada quien leyó su poema, y los galardones fueron puestos en manos de los triunfadores por nuestras fieles Virginia y Rosalía. Los dos poetas de fuera se portaron muy gentiles y no echaron de menos el boato con que han sido recibidos en otras partes. El de aquí, que obtuvo el tercer premio, estaba realmente deprimido; éste es su primer triunfo, y la musa inspiradora, esto es, su novia, brilló por su ausencia. Todos nos esforzamos por aplaudirlo y reanimarlo.

Después de todo, no podemos decir que los Juegos Florales hayan sido un fracaso, dada la calidad de las obras premiadas. Al margen del regocijo populachero y de las pompas litúrgicas, nosotros mantuvimos vivo el culto a la belleza, durante este holocausto melancólico a las musas...

Porque yo os digo en verdad que dondequiera que se reúnan dos o tres espíritus en nombre de la Santa Poesía, allí reverdecerá el Jardín de Academo, y se abrirán otra vez las rosas provenzales de Clemencia Isaura...

La alegría y el terror de los chicos son los Viejos de la danza. Mientras el conjunto baila, muy recio y en serio, los Viejos se meten con el público, sobre todo con los niños y las mujeres. Tal vez son útiles para que entre la danza y los mirones haya espacio suficiente. Llevan puestas unas máscaras de tecomate con dientes de puerco y barbas de chivo. El traje es de lo más variado, y hay algunos de levita y sombrero de copa. Se ponen encima cuanto se les ocurre, y en la mano llevan siempre armas agresivas: machetes y bastones de palo, ballestas de otate, hachones de ocote y chicotes de cuero crudío. Con ellas amenazan a los espectadores, pero a veces se les pasa la mano.

—Lo más hermoso fue el final de la ceremonia, cuando todos los prelados, por orden jerárquico, se levantaban de sus lujosos asientos y depositaban humildemente sus mitras recamadas de piedras preciosas y sus báculos de oro a los pies de Señor San José... Como unos son ya muy viejos, caminaban con dificultad bajo las pesadas vestiduras, se quitaban la mitra con torpeza, y cuando hacían la genuflexión, uno creía que ya no iban a poder levantarse. A mí fue lo que más me gustó de toda la ceremonia.

176

—La vela de cera de doscientos pesos fue uno de los mejores éxito de la feria, para qué es más que la verdad, y llamó mucho la atención de los visitantes. No daba mucha luz que digamos, pero parecía un obelisco de alabastro con una estrellita que parpadeaba en la punta. El mismo Legado Apostólico dijo que nunca había visto nada igual.

Alguien dijo entonces que se vería muy bonita en la Basílica de San Pedro. ¿Y por qué no? No es mala idea. Podríamos regalarla a Roma como agradecimiento por la Coronación... Que arda allí la cera que labraron las abejas de Zapotlán, como una oración dicha por todos nosotros...

—Los rumores de que el señor Cura se puso enfermo y tuvo que salir violentamente a Guadalajara, se confirmaron en la Coronación, pues no fue él sino el Auxiliar ahora nombrado, quien leyó el Breve de su Santidad. Es un hombre joven y estaba bastante nervioso. Como primero dio lectura al texto en latín, nos quedamos en ayunas, pero oíamos que le temblaba la voz. Ya en español se equivocó varias veces y repetía las palabras. Claro, todo aquello fue muy solemne, y él estaba frente a altísimas personalidades, pero yo creo, y Dios me perdone si lo digo, que el recuerdo de nuestro señor Cura ausente no lo tenía muy tranquilo...

—Yo estoy indignado. Esa fiesta tan lujosa es un verdadero insulto a la población. No se hizo más que para los ricos, que a la hora de la hora y como siempre, se colgaron los galones. Iban vestidos como príncipes, de frac y con sombrero montado. Yo

177

los estuve viendo entrar. El más ridículo de todos fue don Abigail, con su traje de Gran Caballero de Colón. Parecía que todo le quedaba apretado. Lástima que no fuera sábado de Gloria, porque daban ganas de tronarlo así, vestido de mamarracho.

❉#❉

—¿Saben qué es en realidad lo que viene a ver todo ese gentío a la feria de Zapotlán? Pues eso que están viendo ustedes ahorita, el Desfile de los Carros Alegóricos, el Rosario, como le decíamos aquí, las Andas, como les dicen en otras partes... Vean a Judith, frente a la tienda de Holofernes, sosteniendo por los cabellos la cabeza greñuda, mientras que en la diestra brilla el espadón ensangrentado... Vean a la hija de Faraón que recoge la cesta con Moisés pequeñito a las orillas del Nilo, a Abraham que alza el cuchillo sobre la cabeza de Isaac, atado como un cordero junto a la leña del sacrificio. El taller de Nazareth no debe faltar, porque es uno de los cuadros que más le gustan a la gente, con la Sagrada Familia en la intimidad: José trabaja en su banco de carpintero, la Virgen hila o cose, mientras el Niño Jesús juega a unir dos trozos de madera para la cruz predestinada... En fin, véanlos todos, si tienen paciencia, son veintitantos... Fíjense en todas esas muchachas tan guapas que desde las nueve de la mañana están amarradas en postes de madera para que no se caigan y que muchas veces se desmayan de fatiga y calor, pero que vuelven en sí y a su papel en cuanto les dan una labradita con alcohol alcanforado... Más dignos de admiración son los niños que a base de refrescos y golosinas se aguantan parados hasta las tres de la tarde.

¿Ya los vieron todos? Pues ahora viene el principal, que es el último del desfile, el Trono de Señor San José, la única anda que todavía se lleva en hombros y no sobre ruedas, como todas las demás...

Como ustedes pueden ver, la anda es muy grande y va sobre una plataforma de vigas y tablones que pesa una barbaridad. Generalmente es un monte de nubes, un pedestal de cirros y de nimbos donde flotan docenas de señoritas, de niños y niñas vestidos de ángeles, arcángeles, querubines, serafines, tronos y dominaciones... Y en lo alto, Señor San José y la Virgen, bajo un dosel augusto, sostenido por doradas columnas salomónicas... A los lados del anda van dos mozos con pértigas, levantando en cada esquina los cables de luz para que el trono pueda pasar en toda su grandeza...

Ahora asómense para abajo. ¿Qué es lo que ven? Sí, son ellos, los miembros de la Comunidad Indígena que han alcanzado el honor de cargar con el santo y con su gloria. Son cien o doscientos aplastados bajo el peso de tantas galas, cien o doscientos agachados que pujan por debajo, atenuando con la cobija sobre el hombro los filos de la madera, y que circulan en la sombra sus botellas de tequila para darse ánimos y fuerzas. En cada esquina el anda se detiene, y muchos se echan en el suelo, a descansar sobre las piedras...

¡Adelante con la superestructura, pueblo de Zapotlán! ¡Animo, cansados cireneos, que el anda se bambolea peligrosamente como una barcaza en el mar agitado de la borrachera y el descontento!

...y en la penúltima de las ramadas estaba un indio vestido como ángel, representando a San Miguel, con una espada en la mano, como que hería a Lucifer, el cual era otro indio vestido a manera y figura de dragón, que estaba dando bramidos debajo de los pies del ángel...

179

*

—Aquí estamos todos, adorando a Dios y dados al Diablo...

—Yo no soy Dios, yo soy un hombre como todos ustedes, un artesano, un carpintero de obra blanca... No se los digo por asustarlos, pero no carguen sobre el suelo todo el peso de su cuerpo. Este pueblo está fincado sobre un valle de aluvión y sus tierras fértiles son puramente superficiales: ocultan una colosal falla geológica y ustedes están parados sobre una cáscara de huevo... Hagan otra vez la feria del año que viene, pero sean un poco más angelicales, y no gasten toda la pólvora en infiernitos...

*

...el comisario que se encargare de la Función no ha de hacer otras demostraciones públicas que graven a los pobres, porque en el caso de dictárselas su devoción, sólo ha de extenderlas a Novenario o a más gasto de cera, que es lo que principalmente dice culto, y no a las exterioridades de fuegos, que sirven más a la vanidad y pompa, ni a las comedias y toros, que antes destruyen la devoción y ceban los vicios...

—¿Qué tal estuvo la feria?

—Como las naguas de tía Valentina: angostas de abajo y anchas de la pretina.

—Yo me divertí como Dios manda...

—A mí me robaron la cobija.

—Y las tierras ¿se las van a devolver a los indios?

180

—El año de la hebra y el mes del cordón...
—Primero me cuelgan del palo más alto.
—Para eso hay arriba y abajo.
—Dios Nuestro Señor dispuso que nosotros fuéramos arriba y que los indios cargaran con las andas...
—Al fin y al cabo que ellos también se divierten mucho por debajo...
—Ahora les hemos parado todos los pleitos y juicios...
—¿Y el Día del Juicio Final?
—Ya tenemos todos nuestros papeles arreglados, con la debida anticipación...

Quiero que me deis satisfacción a mí y al mundo del modo de tratar estos mis vasallos... Y tengo de mandaros hacer gran cargo de las más leves omisiones en esto, por ser contra Dios y contra mí, y en total ruina y destrucción destos reinos, a cuyos naturales estimo y quiero que sean tratados como lo merecen vasallos que tanto sirven a la monarquía y la han engrandecido y lustrado. *Yo el Rey.*

—Pasen a tomar atole, todos los que van pasando...

—Y tú ya vete a dormir, contador impuntual y fraudulento. Pero como tu castillo de mentiras sostiene una sola verdad, yo te consiento, absuelvo y perdono. Y como creíste te sea hecho.

Nadie podía haber previsto lo que sucedió esta noche, última de la feria, a las doce en punto. Todo el pueblo estaba reunido en la plaza, rodeando el inmenso castillo pirotécnico, orgullo de todos nosotros y símbolo de la fiesta, erigido a un costado de la Parroquia por más de cincuenta obreros bajo las órdenes de don Atilano el cohetero. Nunca habíamos visto algo más bello y majestuoso.

Justamente en el momento en que iba a darse la orden para que fuera encendido irrumpió una pequeña banda de desalmados. Nadie pudo darse cuenta de quiénes eran, ni cuántos. Iban vestidos de Viejos de la danza, con máscaras de diablo. Unos llevaban teas encendidas, otros baldes y machetes, otros más, pistolas que disparaban al aire. En cosa de instantes, bañaron de petróleo la base de las cuatro torres que sostenían la plataforma desde donde se alzaba el castillo principal, y les prendieron fuego.

La gente cercana huyó despavorida porque el combustible se derramó por el empedrado. La llamarada pronto se levantó al cielo, más alta que la Parroquia. Los malhechores se quitaron inmediatamente las máscaras y los disfraces, quedando irreconocibles entre la muchedumbre, contemplando el estropicio a sus anchas, muy contentos y satisfechos sin duda.

En vez de arder parte por parte y en el orden previsto por don Atilano, ya se imaginarán lo que pasó. El estallido fue general y completo, como el de un polvorín. Los buscapiés se fueron por todas partes, sin ton ni son, y sobre la multitud cayó una verdadera lluvia de fuego por fortuna artificial, y no hubo, según parece, más que algunos centenares de chamuscados.

El fuego se propagó a muchos puestos y barracas, y poco faltó para que ardieran los árboles del parque. Aunque violento, el

182

material inflamable no era mucho en realidad, fuera de la pólvora superficial. Una hora después, no quedaba más que un montón de brasas y pavesas, entre las que de vez en cuando tronaba todavía algún cohete retardado...

Yo me quedé hasta el final, solo en la plaza inmensa que forman el parque y el jardín. Solo, porque los demás estaban tirados en el suelo, dormidos y borrachos, aquí y allá, como los muertos de un falso campo de batalla.

Ya para venirme, me volví por última vez y vi desde lejos el escenario. En el lugar donde estaba el castillo, vi subir al cielo la última columna de humo, recta y delgada.

Dejé de mirar en el momento en que se desprendió de su base de ceniza donde ya no quedaba nada por arder.